方集出版社

筆記與對話

陳添壽 著

臺灣百年
雙源匯流文學
的淒美絢麗

百年來臺灣文學發展的特色，主要凸顯在日本殖民政府與國府戒嚴體制的環境下，其雙源匯流所形塑開花出來的結果。

自 序

　　1970 年 9 月，我負笈北上，就讀於位在新莊的輔仁大學圖書館學系。之前 20 年我的求學，不論初中臺南或是高中嘉義的階段，所能接觸到的地方都是名符其實倘佯於嘉南平原，過的盡是「年少不知愁之味」的鄉居生活。

　　我真正啟蒙的接近文學，應始於二姊寒暑假從臺北帶回讀物的初中階段，但那畢竟非常的有限。只有等到我高中階段的在外住宿，家中的供應生活費，給了我可以自由買書的機會，閱讀的涉獵空間才有了逐漸增廣。

　　17 歲的那一年，我發表了生平的第一篇文章，寫的是〈從王尚義到野鴿子的黃昏〉。同時間的閱讀還有李敖的作品，特別是他寫的《胡適評傳》，和【文星叢刊】系列出版的叢書。這也凸顯那個年代有多少的年青人，盼望著在思想上的探索出路，亟欲追求知識上的滿足。

　　特別是景仰於胡適之先生的學問淵博，和他所崇尚的自由主義精神，這也深深影響和形塑了我一生對於閱讀、學思與書寫的熱愛。胡適之先生的思想與治學態度，對我的影響正如《滾滾遼河》作者紀剛所說：「我不是五四運動參與者，卻是五四精神受洗人。」

　　本書為什麼取名《筆記與對話：臺灣百年雙源匯流文學的淒美絢麗》，首先我要就「臺灣百年」略作說明。百

年歷史就從 1918 年第一次世界大戰後的 1920 年代算起，這時期的臺灣、澎湖都還在日本殖民體制的統治之下，直到 1945 年的第二次世界大戰結束，日本將臺灣、澎湖歸還。

1945 年至 1949 年，是臺海兩岸非常短暫統一的時期。當 1949 年底，中央政府撤退到臺灣來，並且實施戒嚴體制的統治，一直要到 1987 年的解嚴。由此，這百年以來的臺灣文學，是在日本殖民體制與國府戒嚴體制的雙源匯流所發展出來的文學。

臺灣戒嚴文學時期，又可概略將蔣中正總統主政（1949-1974）的「文藝政策」，與蔣經國總統主政（1974-1988）的「文化建設」等兩個不同階段的分期。臺灣百年雙源匯流文學的淒美絢麗，凸顯了政治與文學（藝術）之間關係各有不同階段的特色。正如艾略特（Thomas Stearns Eliot, 1888-1965）說的：「好的作品不一定要有太多的掌聲，但希望每一年代都有掌聲！」。

本書我選讀做的筆記：五四文學運動以來代表「自由文學」的胡適之先生，和代表「抗日文學」、「反共文藝」的張道藩先生，以及代表「殖民文學」、「文化建設」的陳奇祿先生。他們三位也都各深具有每階段性文學歷史的政治意涵。

詩人周伯乃先生，他曾任「道藩文藝基金會」副董事長，和文化建設委員會主委陳奇祿的秘書等要職，他本人

又得過多項文藝獎項，而且文學著作等身。最難能可貴和機會的是他今年已經高齡 90 歲，還樂意與我進行了這縱橫臺灣百年文學的對話。

本書第一部分【筆記胡適自由文學】。或許是我在大學裡研讀圖書館學的關係，現在檢視自己長期以來所保存的剪報資料中，其蒐集的時間與內容，大部分是屬於文學，和當代中華民國歷史有關的政經學術類，特別是戰後隨國民政府來臺之後，與臺灣發展歷史有密切關係的重要人物。

檢視這些的剪報資料中，也因為受到個人閱讀、研究與書寫的偏好所限，只能利用圖書館學的概念，針對就我所蒐集來的資料，將其刊載文字所呈現的事件經緯，略做片段性或單獨事件的記述。從整理和剪報資料裡，第一位讓我最可以聯想到的，而且在剪報資料篇數上，當屬胡適之先生了。

本書第二部分【筆記張道藩文藝政策】。我在整理完成《閱讀胡適筆記》後，更深入了為探討戒嚴時期臺灣的文藝政策，特別選擇在該時期參與制定和執行文藝政策，扮演關鍵角色的張道藩先生。

我整理 1960 年代前後，臺灣報紙上登載有關張道藩先生在這方面的重要言論和動態，作為代表官方的立場，相較於當時胡適主張言論與創作的自由思想。張道藩與政府文藝政策的淵源可溯及大陸時期，他先後擔任南京成立

「中國文藝社」的理事，和中國國民黨中央宣傳部下設「中央文化運動委員會」的主任委員，特別是 1950 年 5 月 4 日，他與陳紀瀅等人在臺北發起成立「中國文藝協會」。

　　本書第三部分【筆記陳奇祿文化建設】。陳奇祿先生於 1978-1981 年期間，擔任行政院政務委員。1981 年，出任新成立的文化建設委員會主任委員，一直到 1988 年的七年期間，他在蔣經國總統主政時期擔負國家文化建設的重責大任，同時還兼任中華文化復興總會秘書長，並於 1990 年至 1996 年的期間擔任「公共電視臺籌備委員會」主任委員，對於解嚴後的臺灣進入多元文化發展階段，他亦擔負承先啟後的重要角色。

　　本書第四部分【對話周伯乃文學風華】。詩人周伯乃先生自 1960 年起，他就開始在《文苑》、《新文藝》、《國魂》、《自由青年》、《文壇》、《青年日報》等刊物撰寫專欄。後來，《中央》半月刊邀其寫稿，未幾受知於蔣介石辦公室主任、中國國民黨中央委員會副秘書長秦孝儀先生，進入國民黨中委會秘書處，主編《中央》月刊文藝欄。

　　1975 年，國民黨中委會借調臺灣大學教授陳奇祿為副秘書長，周先生調任機要秘書，後再隨陳奇祿調行政院政務委員室秘書，他同時任《中央日報》副刊執行編輯。1981 年，陳奇祿掌文化建設委員會首任主委，他亦隨調

主委辦公室機要，輔弼主委從事文化建設，並兼任中華文化復興運動推行會專門委員，國家文藝基金會總幹事等要職。

1990 年，他受聘任《世界論壇報》副社長兼副刊主編。2000 年，受聘中國文化大學董事會秘書。又河南開封大學聘他為董事兼客座教授。另「財團法人道藩文藝中心」聘他為副董事長兼主任，輔弼陳立夫董事長。中國詩歌藝術學會更推舉他擔任理事長。

周先生因為文學創作，除著作等身之外，曾獲中國文藝獎章、國軍文藝金像獎、教育部詩教獎等等，以及美國帝舜文化國際大學、美國共和黨亞裔黨部總部等頒授獎項，表彰他長期對文學和文化的卓越貢獻。

胡適常引明代大儒顧炎武「遠路不須愁日暮，老年終自望河清」的話，來與大家互勉，還有我閱讀陳致先生整理的《我走過的路：余英時訪談錄》，引發聯想到張益萇先生視訊編輯、米綾翻唱的這首歌《三百六十五里路》，其中最後有段：

> 我那完整的雄心，從來沒有消失過，即使時光逝去依然執著，自從離鄉背井已過了多少 365 日，365 里路呀，從故鄉到異鄉，365 里路呀，從少年到白頭。

引用這段歌詞，可以很能貼切地道出我在閱讀胡適、張道藩、陳奇祿等三人所作的筆記，和與周伯乃對話的過程中，我所要彰顯的是，臺灣百年文學在日本殖民體制文學，和戰後國府戒嚴體制文學的雙源匯流下呈現淒美式絢麗的特色。

本書內容曾在《臺灣商報》（電子報）的〈臺灣 TB 新聞網〉登載，很謝謝這〔全民專欄〕園地，讓我的筆耕生活可以自由發揮創作的空間。在此，特別要對我閱讀筆記或對話引述的文字，儘管我已盡了最大努力的審修，但容或有失妥當之處的單位、報刊和作家們，致上我誠摯的謝意與敬意。因為，那是我應該再精進、再縝密、再審修的工作了。

現在方集出版社樂意再為此書的出版，並且繼《近代名人文化紀事》後，列為〔溫州街瑣記系列之貳〕。我更要感謝發行人賴洋助董事長，還有主編李欣芳、編輯立欣、行銷業務林宜葶等人的協助，使得這書的出版與發行至善至美。

陳焜青 謹識

2023 年 5 月 21 日蟾蜍山居安齋

目 次

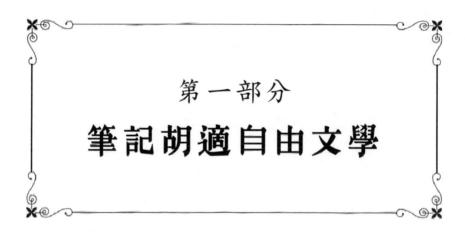

第一部分
筆記胡適自由文學

梁錫華〈永遠迴響的心聲〉

1982 年 9 月 29 日，《聯合報》刊載，【胡適遺落在
大陸的書信首度公開】，梁錫華輯注〈中國現代史：永遠
迴響的心聲〉，在編者按的文字說明是這樣寫的：

> 胡適，中國政治、社會、思想、文學現代化過程最
> 具影響、也最受爭議的人士之一，早年數百封來往
> 信函，於佚失近半世紀後，不久前被發現並為本報
> 駐香港人員取得。其信函往來對象包括自先總統蔣
> 公以降數十位中國現代史上重要人物，如：丁文
> 江、王世杰、蔡元培、葉公超、朱家驊、陳獨秀、
> 傅斯年、蔣夢麟、汪兆銘、瞿秋白、周作人等，內
> 容不僅見出胡氏對多難國族之大愛和在顧全文化大
> 局的基礎上以德服人之恢恢襟度，更是中國現代政
> 治、文化史研究不可多得的第一手資料。聯副自今
> 日起將陸續披露這些珍貴的文件，並請新文學專家
> 梁錫華博士擇要註解，使關心中國命運的讀者能親
> 聆這些永遠迴響的動人心聲。

【胡適遺落在大陸的書信首度公開】〈中國現代史：
永遠迴響的心聲〉，自 9 月 29 日起梁錫華所擇要內容和

輯注的書信，諸如：〈其一〉請朱家驊密呈國府蔣主席電、〈其二〉答汪精衛不克任教育部長苦衷、〈其三〉代請周作人赴燕京大學主持中文系、〈其四〉請魯迅昆仲加入《讀書》雜誌、〈其六〉澄清贊成復辟之疑、〈其十〉電告傅斯年請協助代辭府委職，連續登載到〈其六十四〉致王世杰轉毛澤東：勸和平建立中國第二大政黨。

【胡適遺落在大陸的書信首度公開】，前後擇要六十四篇的書信，一共選載 36 天。臺灣商務印書館於 2021 年 8 月，出版黃克武《胡適的頓挫：自由與威權衝撞下的政治抉擇》書中，有篇〈導論：胡適檔案與胡適研究〉特別提到：胡適紀念館館藏之胡適檔案於 2008 年，完成所有檔案的數位典藏工作，並逐步開始建置為資料庫。

目前檔案收藏有三大部分：第一部分為文件檔案；第二部分為胡適藏書目錄及批注；第三部分為與胡適相關的文字、影音資料與照片。根據黃克武研究員的上述說法，《聯合報》刊載【胡適遺落在大陸的書信首度公開】的這部分資料，應該會是已收錄在其所謂胡適紀念館第一部分為文件檔案的分檔「北京檔」。

這「北京檔」，應該是可以比 1982 年 9 月 29 日《聯合報》刊載，【胡適遺落在大陸的書信首度公開】，梁錫華輯注〈中國現代史：永遠迴響的心聲〉的這一部分，更可以完整的查閱到有關於胡適遺落在大陸的書信檔案資料，這更凸顯數位化胡適紀念館文件檔案的重要性，尤其是從事學術研究者的必備工具了。（2021-08-25）

唐德剛〈胡學前瞻〉

1982 年 12 月 17 日至 19 日的連續三天，《聯合報》連載唐德剛先生寫的〈胡學前瞻——胡適密藏書信選再版序〉一文。

《聯合報》編者在該文的刊頭說明：

> 自今年九月起，聯副以大篇幅、連載方式刊出〈胡適遺落在大陸的書信〉後，立刻引起學術、思想、文化⋯⋯等各階層人士對「胡適學」普遍的關注及熱烈的反響。這些書信，隨即由出版社結集成書。胡適書信不僅公開了許多近代史上原屬「密藏」的資料；由可貴者，展示出中國近百年來這位宗師型思想家的人格風範。今（1982）值胡適先生九十二歲冥誕，本刊特刊出《胡適雜憶》及《胡適口述自傳》作者唐德剛教授撰著的長文——〈胡適前瞻〉，以為紀念。

唐德剛在〈胡學前瞻——胡適密藏書信選再版序〉的文章，一開始就首先指出：從我國三千年思想史的整體來看，近百年來影響我們全民族的心態和生活方式，最深最遠的兩位思想家，當然就是孫文和胡適了。

針對胡適這一部分的評論，唐德剛說：

適之先生基本上是個學者和思想家，他前半生的貢
獻，可說是純學術性的，那時他也偶爾清談政治，
但是那只是他底業餘工作；談起來多半迂闊而不合
時宜，影響亦有限。可是胡先生的後半生，和他底
前半生，卻正好相反，在後半生裡，搞學問——如
考校《水經注》——反而變成他底遣興的工作，其
影響亦微不足道，但是談起政治來，他倒變成擎天
一柱，所談也切中時弊，而有極深極遠的影響！

唐德剛在文章的最後亦語重心長的指出：

「胡適學」現在已是我們中國文化史、學術史、思
想史上重要的一章。有關胡適的一鱗半爪，任何資
料，都是我們民族公產，任何人不得據為己有。只
要出版者、編選者能慎重其事，不加蹧蹋，我想適
之先生如泉下有知，一定也會主張他所有的著作版
權公開、歡迎翻印的。

我是不清楚當初於 1982 年 9 月 29 日起，原由《聯
合報》連載梁錫華輯注【胡適遺落在大陸的書信】，後來
為什麼沒直接由聯經公司出版，而改交由遠景出版公司，

以書名《胡適秘藏書信選》（正篇）與（續篇）等兩本書的方式來發行。

1982 年 12 月 30 日《聯合報》刊出，梁錫華〈溫潤的至情流露——關於胡適密藏書信選〉的文中提到，本書資料來自大陸「內部」出版物「胡適來往書信選」。該書一百多萬言，共三冊，在 1979 年 5 月至 1980 年 8 月陸續印就。對於聯合報是否「搶登」，和遠景是否「搶印」之事，有所做進一步的說明。

在我的剪報資料中，另有篇於 2009 年 11 月 4 日，由《中國時報》登載，專欄作家林博文〈憶唐德剛、錢學森二三事〉的一文中提到：唐德剛以《李宗仁回憶錄》和《胡適雜憶》而揚名兩岸三地讀書界。根據林博文回憶，他有一段時間常與唐德剛見面、聊天，他說唐德剛告訴他好幾件他不敢發表的有關胡適感情生活的「內幕」。如今唐德剛與林博文都已先後離我們而去。

2009 年，唐德剛病逝於舊金山；2018 年 12 月 26 日，林博文病逝於紐約。有關他們二人彼此私下謹守胡適感情生活的「內幕」秘密。既是「內幕」秘密，更引發我們好奇的是，其秘密到底有那些？為什麼不可公諸之於世。

儘管我們目前已無緣從唐、林二人處，得知這項「內幕」秘密。但我們相信胡適感情生活的「內幕」，並不會因為他們二位的沒有透露而被湮滅，甚至於消失。我們仍

　　然可以從胡適的諸多著作中，深入考證出其蛛絲馬跡；或
是從胡適的家族親友中，和與胡適同時期好友的相關資料
得知，一窺胡適感情生活的「內幕」，是如何的精彩可期
啊？（2021-08-26）

逯耀東〈胡適身在此山中〉

1997 年 5 月 3 日至 5 月 6 日，《中央日報》登載，逯耀東寫的〈胡適身在此山中〉。文章刊頭說明：

> 五四新文學運動，自民國八年起，至今已七十八個年頭。相較於文學革命的發起，詩的革命其實比它早一年就開始了，胡適之先生提倡文學革命也是從新詩著手。有關胡適精彩的一生及其對白話文學的貢獻，大家早已熟知，這次本刊特別刊出臺大歷史系教授逯耀東先生的最新力作，談談胡適的感情生活。……文中逯教授旁徵博引，由胡適之的日記、詩作及其他相關文獻，為讀者細細考證、抽絲剝繭，引出曹誠英這位牽動胡適浪漫情懷的紅粉佳人，以及這段「婚外情」對胡適新詩創作上的影響。

根據逯耀東的研究與論證指出：

第一：胡適的詩〈多謝〉：「多謝你能來，慰我心中的寂寞，伴我看山看月，過神仙生活。」；另首的詩〈西湖〉：「聽了許多毀謗伊的話而來，這回來了，只覺得伊更可愛了，因而捨不得匆匆就離開了。」詩中的「伊」指

的正是曹誠英。

　　第二：胡適的詩〈有感〉：「咬不開，槌不碎的核兒，關不住核兒裡的一點生意；百尺的宮牆，千年的禮教，鎖不住一個少年的心。」，該詩中「宮牆」指的是曹誠英。

　　第三：胡適的詩冊《山月集》，可能是由曹誠英將胡適在煙霞洞寫的詩抄錄成冊，胡適〈山中雜記〉與〈山中日記〉就保留了〈龍井〉與〈七月二十九日晨在南高峰上看日出〉兩首詩，就是曹誠英抄錄的。

　　第四：胡適的詩〈秘魔崖月夜〉：「依舊是月圓時，依舊是空山、靜夜，我獨自踏月閒行、沉思——我淒涼如何能解？翠微山上的松濤，驚破空山的寂靜。山風吹亂了窗紙上的松痕，吹不掉我心頭的人影。」，詩中胡適「心頭的人影」，指的是曹誠英。

　　第五：胡適的詩〈舊夢〉：「山下綠叢中，瞥見飛簷一角，驚起當年舊夢，淚向心頭落。隔山遙唱舊時歌，聲苦無人懂。——我不是高歌，只是重溫舊夢。」逯耀東說胡適經過兩年時間，煙霞洞那串充滿感情的日子，對胡適來說已成「舊夢」。可是對曹誠英卻不然，這場舊夢雖逝，但刻骨的相思深深烙在她心坎上。

　　第六：胡適 1931 年 1 月 7 日〈日記〉：「車到浦江口時大雪，過江已誤點。……佩聲（誠英）來接勝之，在渡船稍談。勝之與她在下關上岸，我在江口搭車。」逯耀

東說胡適與誠英不知是不是他們在西湖別後近十年的重逢，也不知他們「稍談」些甚麼。不過，胡適似乎已沒有當日的心情了。

第七：胡適 1940 年 2 月 29 日〈日記〉：「友人傳來消息，佩聲到峨嵋山去做尼姑了。這話使我傷感。」，佩聲曾給胡適詩：「孤啼孤啼，倩君西去，為我殷情傳意。道他無病呻吟，沒半點生存活計。忘名忘利，棄家棄職，來到峨眉佛地。慈悲菩薩有心留，又被恩情牽繫。」，誠英佛門雖未進成，胡適竟不能會意。

第八：曹誠英於 1969 年將她與胡適往來的信件和有關其他的資料，託付她與胡適的共同友人汪靜之夫婦，彰顯曹誠英對胡適的感情與思念，至死不渝。但她還不知道此時的胡適早在七年前就已經安眠於臺北南港中央研究院的墓園了。

為了呼應逯耀東的研究與論證，我又特別對照閱讀了陳漱渝《胡適心頭的人影》的書中，有篇〈秘魔崖月夜──胡適與曹誠英〉，其轉引自歐陽哲生編《解析胡適》一書。

書內有封 1925 年 7 月 8 日，曹誠英寫給胡適的信，其內容用字敘情之深，讀來令人感傷，這對於有關於胡適內心的感情世界發掘又添一樁，讓我特別有感的誌之。

（2021-08-27）

11

余英時〈赫貞江上之相思〉

2004 年 10 月 5-6 日，《聯合報》的兩天登載，余英時先生發表的這篇〈從日記看胡適的一生〉後記。

聯副編者在文章刊頭做了說明：

> 一代學人胡適的情感生活，一直是大家感興趣的話題，今（2004）年 5 月 3 日、4 日聯副選載，中央研究院院士余英時〈從日記看胡適的一生〉中，有關胡適情緣的段落，題名〈赫貞江上之相思〉，引起文化界廣泛討論。

知名的新聞學者傅建中，更在同年 5 月 30 日《中國時報》人間副刊發表，〈胡適和 R. L. 一段情緣 —— 回應余英時先生的「大膽假設」〉的一篇文章，做了更詳盡的記述。

9 月，余先生再根據胡適的英文信函，一首詩，及一封電報，再寫了這篇〈從日記看胡適的一生〉後記，對胡適的出處取捨、情緣公案，做了更細膩的論證，聯副於是將其該篇名，稱之為「Lowitz 向胡適示愛」，並特別鄭重的推薦予讀者。

余英時在這篇〈從日記看胡適的一生〉後記的文章

中，除了首先提到，他在讀到胡適的英文信函，證實了 1942 年 9 月 24 日，胡適給女友韋蓮司（E. C. Williams）的信，其中最值得一提的是胡適在卸任大使時，芝加哥大學曾以 1 萬元美金的年薪禮聘，但胡適為了全力撰寫未完成的《中國思想史》，他選擇接受美國學術聯合會研究補助費只有 6 千美元，婉謝芝加哥大學比較高薪的聘約。

根據 2008 年 6 月 25 日，《中國時報》傅建中在〔華府瞭望〕的專欄記述：

> 1942 年胡適卸任駐美大使後，那時中美兩國是戰時盟邦，胡適的大名在美國朝野盡知，按說在美國謀個教職並非難事，可是高不成、低不就，加上胡想利用時間寫英文的中國思想史，教書的意願不高，所以在美四年，只在哈佛教了八個月，哥倫比亞大學教了一學期，教的中國思想史。等到 1949 年初他再度來美時，大陸已經變色，胡適已是有國難奔，身價自是一落千丈，所以為了生計，也只能屈就普林斯頓大學葛斯特東方圖書館（Gest Oriental Library）的主任了，但為期二年，並非終身職。

余英時認為，胡適在他關鍵時刻的這一出處取捨之

間，充分顯露胡適他的中心價值始終是一位「學人」，把原創性的學術研究放在第一位，世俗的名位和金錢不在胡適的主要考慮之中。

其次，余英時在這篇〈從日記看胡適的一生〉後記的文章中，提到因為新資料的啟發下，他發現對於「赫貞江上第二回之相思」要重新加以檢討。

余英時在原文中判斷，這段情緣的發生，羅維茲（Robert Lowitz）似乎是原動力，「老頭子」（Laotoutze）和「小孩子」（Hsiaohaitze）的暱稱則進一步支持余英時的判斷，這是由於羅維茲開始向胡適示愛時，胡適以年齡搪塞，說對方還是「小孩子」，而自己已是「老頭子」了。

2003 年，因為清華大學出版了一部《北京大圖書館藏胡適未刊書信日記》，書中第 262 頁收入了一封「小孩子」給胡適的電報。余英時根據這封電報，採信了「小孩子」（R. Lowitz）於 1938 年 7 月 7 日，給胡適的這麼一封感性電報：

> 今天收到轉來的信，想念「老頭子」到了令人不能相信的地步。即返紐約。愛。「小孩子」。胡適是特別有感於電報的最後一個「愛」字。

於是有了胡適在 5 天之後（7 月 12 日）的「赫貞江

上第二回之相思」，以及 1941 年，胡適的一首〈無題〉，這詩的內容：

> 電報尾上他（她）加了一個字，我看了百分高興。樹枝都像在跟著我發瘋。凍風吹來，我也不覺冷。風呵，你儘管吹！枯葉呵，你飛一個痛快！我要細細的想想他（她），因為他（她）那個字是「愛」。

胡適喜歡使用障眼法，把他的感情世界隱藏在他複雜的文字背後。余英時在這篇文章的最後，特別提醒大家有興趣研究胡適的話，包括是他在國外期間的重要經歷，也一定要熟讀胡適的英文書信，才能更深入了解胡適內心深處的感情世界。

承余英時上述的叮嚀，我們也當更能清楚和深入了解，胡適在同一條赫貞江（Hudson River）上的第一位戀人韋蓮司（E. C. Williams），和第二位戀人羅維茲（Robert Lowitz），胡適與她們交往之間的微妙感情世界。（2021-08-30）

胡適〈我的聖女快樂嗎〉

2007 年 9 月 16 日，《中國時報》登載，一篇來自紐約王良芬的文字，當時《中國時報》的標題「致函李美步胡適：我的聖女……快樂嗎」。

王良芬的文中提到，她拜訪了「中華第一浸信教會」牧師李澤華，從教會的紀錄文獻得知，「紀念堂」是為紀念創會牧師李韜。而胡適為「紀念堂」揮毫，係因李韜女兒李美步（Mabel Lee）博士的緣故。

胡適與李美步是哥倫比亞大學同窗，兩人關係匪淺，李美步終身未嫁。1936 年 11 月 19 日，胡適曾在一封寫給李美步的信函中稱她：

> 親愛的聖女：自從離開以來，心中想到給妳寫信，可是在橫貫美洲大陸的車途中，我總是找不到最合適的時間和寧靜來寫信。

胡適還寫著：

> 在這一個半月裡，我常惦記著我那位在紐約華人教會的神聖教士，也想到在我的旅館中我們的談論，以及在帝國大廈頂樓上那美麗的夜晚，我常想想知

道這位女士會永遠在這華阜教會獻身嗎？她真的快樂嗎？她說她是非常快樂的，可是我懷疑。我為何對妳親口回覆我的問題，卻無法接受呢？

2008 年 5 月 4 日，《中國時報》文化新聞 A18 的標題：

〈何處尋你 陸小曼與胡適有段情〉，登載記者丁文玲臺北報導：「陸小曼經歷一番轟轟烈烈的婚外情後，終於與徐志摩結婚，並且由梁啟超證婚、胡適主持婚禮是眾所周知。但少有人知道，陸小曼與徐志摩結婚之前，與胡適有段情。作家暨紀錄片工作者蔡登山花五年時間，走訪兩岸蒐羅資料與訪談，發表《何處尋你》一書與同名紀錄片。」

丁文玲的報導，胡適曾帶著陸小曼在包廂看戲，「作軟語」，陸小曼也寫過兩封露骨示愛的英文信給胡適。其中一封寫著：

你覺得如果我去看你的時候，如果她（指胡適元配江冬秀）剛好在家，會有問題嗎？請讓我知道！我不敢用中文寫，因為我想用英文會比較安全。

陸小曼在給胡適的另一封英文信中則是抱怨：「你為什麼不寫信給我呢？我還在等著呢？」。根據蔡登山在《何處尋你》中提到，這應該是江冬秀當著別人的面，嚴厲譴責胡適、徐志摩與陸小曼三人的真正緣由。

如果對於胡適情史的詳細臚列出來，可有一大串名單。我頗認同蔡登山，他說他寫這本書並非貶低胡適人格，也希望外界認清胡適是舊時代婚姻制度的受害者，他對於一個婚前素未謀面的鄉下村姑不離不棄已屬難得。他的許多戀情，也只是「發乎情，只乎禮」，不要以現在世俗的道德觀批判。

回溯到 1982 年 12 月 16-17 日，《中央日報》刊出，王志維發表的〈胡適先生的婚姻〉一文。編者在文前特別說明：

> 明天（12 月 17 日）是胡適先生的九十二歲生日。胡先生在近代中國學術史上地位已為當代人所確認，提倡白話文更是功不可沒。胡先生雖受西方教育，他的婚姻卻是純粹中國式的，也是一段佳話。我們特地邀請胡先生生前的秘書王志維先生撰寫本文，藉以紀念胡先生。

承上述，1998 年 10 月 30 日，我曾在中央廣播電臺「開啟知識寶庫」的單元節目中，特別選擇以〈胡適夫妻

愛〉的婚姻觀點，探討胡適在白話詩《嘗試集》裡寫的〈新婚雜詩〉。後來我把這篇講稿整理成文字之後，將其收錄在拙作《近代名人文化紀事》的電子書裡。（2021-08-31）

周質平〈胡適的離亂歲月〉

2006 年 5 月 4 日至 5 月 10 日，《聯合報》登載，周質平〈胡適的離亂歲月 —— 閱讀胡適從未發表過的家書〉。文章的登出特別說明：他的「自由主義」，他的「文藝復興」，此時受到了空前的挫敗，1949 年的質變，對胡適來說，不僅造成個人生活上的流離失所，困頓窮乏，也是對他一生志業與信仰的考驗。

周質平在該文的前言中指出，最近二十年來，海內外有關胡適年譜和傳記的著作，不下數十種，但對 1948 年底胡適飛離北平，到 1949 年國民黨撤離大陸，胡適決定暫寓美國的這段生活與心境，記載卻極有限。於是周文選擇 1948 年 12 月 15 日，胡適南飛的這一天，作為他離亂歲月的開始。

以下，是我根據周文所述內容，做了擇要筆記和略作的補述：

胡適南飛到了南京，蔣介石宴請胡適夫婦，同時要胡適赴美，爭取美國援助。1948 年除夕，胡適與傅斯年同在南京度歲。1949 年 1 月 14 日，胡太太江冬秀先與傅斯年太太俞大綵到了臺灣。1949 年 2 月 20 日，胡適有信給太太，時任北大校長的胡適在信裡談的，是些微牙疼和必須自己搬遷私人衣物所苦的家庭生活瑣事。

　　1949 年 3 月 4 日，胡適給太太信，解釋何以美國之行不能帶她同去的困境和苦惱。3 月 22 日，胡適到了臺灣做為期一個禮拜的短暫訪問。4 月 6 日，胡適從上海乘船赴美。1949 年 4 月 8 日、9 日、17 日，胡適在赴美船上分別給太太寫信。4 月 27 日，胡適抵達美國，回到他 3 年前住的紐約寓所。

　　檢視 1948 年 12 月到 1949 年 4 月，胡適在這短短 5 個月的時間裡，胡適的住處，一共是換住了四個地方，其生活困苦之顛沛流離和心境，是我們難以想像和感受而知的。

　　1949 年 5 月 29 日，胡適給太太信的詳細，說明了自己在護照和簽證上所遭遇的問題。其中內容涉及外交部次長葉公超同胡適說明護照問題，和胡適想叫大兒子祖望與他同行照應的事。信中胡適更希望太太瞭解，之所以無法帶她來美國的原因，不但是受限於中美兩國當時護照和簽證上的緊縮，同時也關係到他的出處和經濟能力的諸多問題。

　　1949 年 6 月 12 日，國府新任行政院長閻錫山，在事先未徵求得胡適同意的情況下，突然發表胡適為外交部長、葉公超與董顯光為次長，但胡適力辭，並特別給太太長信，說明之所以不就部長之職的原委。

　　1949 年 10 月 1 日，中國共產黨宣告中華人民共和國正式成立。該月，胡適的大兒子胡祖望在曼谷結婚，胡太

太離開臺北到了曼谷，但婆媳之間似乎在生活和習慣上，處得並不是想像中的融洽。因此，祖望有點急著把母親送到美國去。

回溯當年，胡適考量政治局勢的急轉直下，加上家庭情況的改變，逼得胡適不得不考慮留在美國教書。1949年12月7日，胡適給太太的信也就會再提到護照的展期，和打算在美國找教書工作的這檔事。

1950年2月11日、14日，胡適為兒媳的事連續兩封信給太太。到了1950年4月20日，胡適有信給太太通知她赴美的簽證已辦好。胡適在美居留的身分問題，一直要等到1950年5月間，普林斯頓大學邀請他擔任葛斯德東方圖書館館長職務，並以相當於正教授的職稱聘任，在美居留的真正問題方才得到圓滿解決。

1950年5月10日，胡太太過境香港的停留約20天，再飛美國舊金山的又停留7天，直到6月9日才飛抵紐約。自此，胡適夫婦以後也就不必再用家書的往返了。9月，胡適的次子胡思杜發表〈對我父親——胡適的批判〉，聲明與胡適脫離父子關係。

1949年至1950年間的胡適遭遇處境，就國事蜩螗和家庭生計的對他來說，都是一段刻骨銘心，又是屬於劇烈變動的離亂歲月。在美國生活了8年之後的1958年4月，胡適終於接受蔣介石的邀請，離開美國回到臺灣來，就任中央研究院院長，展開其人生的最後一個階段。

　　1961 年 10 月，胡太太也跟著回臺定居，以方便照顧胡適的生活起居。遺憾的是只有短短的三個月時間的夫妻相處。1962 年 2 月，胡適就因為心臟病復發而逝世，結束他 71 歲的一生。（2021-09-01）

羊汝德〈我與胡適的一段緣〉

1990 年 3 月 9 日，《中央日報》登載，羊汝德〈我採訪中所認識的胡適林語堂張大千〉一文，該文最早原稿刊於 1971 年 3 月出版的《新聞學》雜誌。

1990 年 4 月 21 日，《國語日報》另登載，羊汝德〈我與胡適的一段緣〉，在其記述胡適的內容上，有部分係引錄自〈我採訪中所認識的胡適林語堂張大千〉，當時羊汝德寫這篇文章的時候，他的職稱已是《國語日報》社長了。

羊汝德回憶，他在念小學的時候，就讀過胡適的文章，私心崇拜。1952 年底，胡適先生從美國回來，住在福州街錢思亮先生的公館。那一陣子，胡適真是「新聞人物」。當時他是《國語日報》採訪主任，和各報同業，整天圍繞在胡適的周圍。可是胡先生太忙了，沒有單獨請教的機會。

羊汝德記得：

> 1961 年，胡適先生主持國家長期發展科學委員會的時候，認為我國科學發展工作是「任重而道遠」，科學會的成立是「開山」。他並以大儒顧亭林五十歲生日詩「遠路不須愁日暮，老年終自望河

清」，來勉勵科學的同人，耐心走「綿綿無盡期」
的遠路。

　　羊汝德認為，胡先生以「愚公移山」和「龜兔賽跑」
的精神，來發展國內的科學工作，將永遠落於人後，並且
是距離越來越遠。他就以「遠路不須愁日暮？」為題，寫
了一篇專欄在報上發表。第二天，胡先生就寫信給他，並
約他去南港當面談談。

　　胡先生說，甚麼事都得「按部就班」去做。科學的發
展，更要從頭做起，從最基本的做起，絕不能憑空得想
「迎頭趕上」。胡適還說，做人做事都要有遠大的抱負和
眼光，但是，不能不考慮到本身的條件和客觀的條件。
「尋求事實，尋求真理」，是我們最要學習的精神。怕只
怕受到感情的誘惑，看到別人的成就而心浮氣躁。

　　胡適是《國語日報》創辦人之一，也最關心《國語日
報》的事。羊汝德說他請教胡適，怎樣才能表現《國語日
報》的特色，胡適寫了「怎樣說就怎樣寫」。《國語日
報》的「報頭」是胡先生寫的。有一次，胡先生忽然覺得
這四個字寫得不夠好，就另外寫了好幾張交給他，說是換
一換。他跟胡先生開玩笑說，《國語日報》正欣欣向榮，
「招牌」不能隨便換，這幾張紙，他留作紀念。胡先生哈
哈大笑，還說：「你要我的字，我寫一張條幅給你。」

　　胡先生偶然說的一句話，他總是記在心上。羊汝德

說：

> 就在胡適去世前半小時在中央研究院的酒會上，還
> 提起要為他寫條幅的事。根據羊汝德現場採訪的描
> 述：這一天，胡先生興致特別好，他穿著灰布的長
> 袍，周旋於賓客之間，海外回國的學人和新當選的
> 院士，紛紛和他「攝影留念」。

在中央研究院蔡元培紀念館，羊汝德眼看胡先生搖晃
著身子倒在水泥地上。那是 1962 年 2 月 24 日下午六點
多鐘。他趕回報社，在十分激動的情緒下，寫完了當天中
央研究院選舉院士的新聞，再寫胡先生去世的消息，還趕
出一篇兩千多字的〈胡適逝世前半日記〉的特稿。

羊汝德指出，胡適先生死了，是我國學術界一顆巨星
的殞落。採訪文教新聞的同業，也失去了一個最真摯的朋
友！

羊汝德社長對於胡適之死的感嘆，不僅僅學術界、新
聞界的痛失一位長者，這更是我們國家的一大損失，特別
是一位足以為我們典範，而且是學貫中西的一位儒者。

羊汝德在本文的最後，附錄：

> 胡鐵花〈鈍夫自題〉、胡適致紹庭書、胡適給妻冬
> 秀的信等三篇文章，各都富有特別的意義。其中我

最喜歡胡適的父親，也就是曾經擔任過清末派來臺東直隸州，位階是現在臺東縣縣長的胡鐵花，他寫的〈鈍夫自題〉：「……斧斤頑鈍者，摩屬所必須。氣質未變化，學問終屬虛！補拙無他道，請復事讀書。」

無怪乎！胡鐵花會教養出胡適這位大學問家的兒子來。有其父必有其子啊！也難怪胡適特別喜歡引用顧亭林「遠路不須愁日暮，老年終自望河清」的話來鼓勵大家。（2021-09-10）

王志維〈胡適先生的婚姻〉

　　我們熟悉胡適之先生，他在南港中央研究院院長任內的主要兩位秘書，一位是胡頌平先生，另一位是王志維先生。這篇〈胡適先生的婚姻〉是王志維於 1982 年 12 月 16、17 日的連續兩天，發表在《中央日報》副刊的〔晨鐘〕版面上。

　　王志維在文章的開頭，說明了胡適的太太胡江冬秀，在她晚年曾與他談到，她和胡先生的婚姻往事，記憶猶新，特別是對安徽績溪和旌德兩縣的婚姻習俗，留有深刻印象。

　　江冬秀與胡適的初次見面，根據王志維的記述：

　　　　民前八年（1904）正月，中屯的元宵節，是由胡先生的外祖父主辦。旌德的江家母女（江冬秀小姐）應中屯舅婆家的邀請前往看燈，同時績溪上莊的胡家母子（胡適先生）亦應邀前往看燈，江家的舅婆，也就是胡先生的姑婆。胡先生雖然陪同母親到中屯看燈，但是對那種熱鬧場合不感興趣，一人躲在屋內看書。江母看到這個英俊少年勤奮用功的情形，非常喜愛，因此她看燈的興緻，都轉移到這個文謅謅的少年人身上了。在當年的三月，雙方的

八字，經算命先生完成合婚，並將八字放在灶王神
龕前的香爐下三天，在三天之內雙方若均平安無
事，就可選擇吉日訂婚。十月舉行訂婚禮，當時胡
先生十四歲，江冬秀小姐十五歲。

1910 年，家中為胡先生準備與江冬秀小姐結婚，女
方嫁妝已經辦妥，男方新房也佈置齊備，只等胡先生從上
海啟程回家成親。可是胡先生因求學心切，同時在上海又
獲得鄉長和朋友們的鼓勵，便決心閉門讀書，不回家結
婚，準備往北平，報考清華學堂留學美國官費生，五月自
上海乘火車北上應考。錄取後就在這一年的八月從上海乘
船赴美國留學。

胡先生的婚姻，完全是遵從母命，婚期既定，突然又
變更，在旌德、績溪兩地的親友，對延期完婚，不免議論
紛紛，因此胡先生的母親，不僅要向江府解釋改期完婚的
理由，還要向親友說明原因。最憂慮不安的則是二十一歲
待嫁的江小姐。胡先生這個大膽的選擇，確實給家中的母
親增加了不少的困擾。

胡先生到了美國求學，仍然信守母親所訂的婚約。婚
期是更改了，可是他的心卻沒有更改。

1917 年，蔡元培就任北京大學校長，發聘書請胡適
到北京大學任教。就是在這一年的六月，胡先生在美國哥
倫比亞大學通過哲學博士學位最後的考試後，立即啟程回

國，七月中旬到達上海。

胡適因教職事和關心國事，想在上海多停留幾天，可是母親來信催胡適快快回績溪完婚。胡適自上海連連寫信給母親，勸止母親不要準備夏季完婚，因為局勢不安定，南北交通能否暢通，很難預料，婚後必須攜眷北上教書，諸多不便。盼望母親在他的婚事上不要再多操心。可是胡適想念體弱多病的母親心切，不得不回績溪去看母親。

胡先生曾去旌德江村拜訪未婚妻江冬秀小姐，不料江小姐臥病在床，拒不會見。胡適託人轉知未婚妻，母親體弱多病，需人照顧。不久江小姐來到胡母身旁，兩人方得相見，共同商定等國立北京大學放寒假期間返回績溪。選定陽曆十二月三十日結婚。

八月下月，胡適離家應國立北京大學之聘前往北平任教。十二月十六日，胡先生從北平乘津浦火車往南京浦口，再乘輪船至安慶；二十三日，到達績溪八都上莊家中，胡、江兩家在八年前為新婚所準備的東西，到這時方取出來應用成婚。

胡先生自己設計革新結婚儀式，免除拜天地及一切不合理的習俗，力求簡化。自己書寫對聯，並作〈新婚雜詩五首〉，後來收錄在胡適出版的《嘗試集》裡。

王志維文章曾引用胡適《四十自述》書中，胡適自己的描述：

> 我母親二十三歲做了寡婦，又是當家的後母。這種
> 生活的痛苦，我的笨筆寫不出一萬分之一二。因為
> 這個大家庭裏，多年來都要靠她勇敢的忍受種種困
> 苦，堅強的維持度過。到了晚年怎不體弱多病。

由於胡適對母親非常孝順，所以對由母親所主所訂的
婚姻，終生信守不渝。胡先生是「開風氣之先」的人物，
也是「新文化中舊道德的楷模，舊倫理中新思想的師
表。」

1960 年代，我在學校教科書中，讀到胡適《四十自
述》描寫其母親對他生活的照顧與期望，令我印象深刻。
高中我寄宿在外，讀到李敖在文星書店出版的《胡適評
傳》（第一冊），記述胡適的父親胡鐵花是「可憐的縣太
爺」，胡適的母親馮順弟是「可憐的小寡婦」，胡適是
「半個臺灣人」，讓當年的我迷上了胡適與李敖的作品。
（2021-09-13）

王鼎鈞〈我從胡適面前走過〉

2006 年 2 月 16 日，國家文藝獎得主王鼎鈞先生在《聯合報》發表一篇〈我從胡適面前走過〉的文字。這題目取得很特別，對於胡適在臺灣期間的文學觀點，王鼎鈞在文章中有很獨到的看法。

王鼎鈞指出：

> 作家開會談「胡適在臺灣」，好像應該從文學的角度談他，胡適在臺灣最重要的影響不在文學，在政治思想，他的精神時間幾乎都拿來宣揚民主自由。胡先生對臺灣文藝的發展好像不太關心。他是反共的，1950 年代臺灣興起反共文學，他沒說話。他是主張創作自由的，他去世前，現代文學已經初展，爭議已經出現，他也沒甚麼表示。他開創中國的白話新詩，他在臺灣也不談詩，詩人也不找他請教。

1952 年，胡先生第一次回到臺灣，王鼎鈞說他當時在廣播公司工作，也跟著採訪記者到松山機場，還參加了記者招待會。有人問胡適對於文藝的看法，胡適很認真地說，「文藝運動要由大作家領導」。

　　王鼎鈞說他心裡很納悶，政府正在搞反共文藝，大作家正是被領導的對象，王鼎鈞說他不懂是甚麼意思。終於有一天他明白了，胡適的看法是文學史的看法，「江山代有才人出，管領風騷五百年。」，從胡適的角度看，五〇年代的反共文藝運動是個政治運動。

　　1958 年，臺北的「中國文藝協會」開大會，邀請胡適演講，胡適講〈人的文學〉、〈自由的文學〉。王鼎鈞根據錄音的轉錄成文字：

> 政府對文藝採取完全放任的態度，我們的文藝作家應該完全感覺到海闊天空，完全自由，我們的體裁，我們的作風，我們用的材料，種種都是自由的，我們只有完全自由這一個方向。人的文學，不是非人的文學，要有人氣，要有點兒人味，因為人是個人。

　　胡適在臺北文化界紀念五四運動的演講中，提起他當年提倡文學改良，陳獨秀把「改良」換成「革命」。胡適提到文學有生老病死，文言是死文學，白話是活文學。他們對新文學創作「提倡有心、實行無力」。

　　王鼎鈞提到胡適的演講還提出魯迅和周作人，稱讚了兩句。那時臺灣無人敢公開說出魯迅的名字，而且魯迅當年罵人也沒有饒了胡適，王鼎鈞說他感受到胡適「外舉不

避仇」的風範。

王鼎鈞在本文裡還談到，在他們廣播編審組的顧問會議中，胡適說《紅樓夢》哪有藝術價值！胡適的理由是《紅樓夢》沒有 plot。王鼎鈞說他後來在梁實秋編的字典中查到，plot 既是情節，又是結構，還是「陰謀」。

王鼎鈞後來知道，plot 是西洋傳來的東西，中國沒有 plot，但是有章法布局，那就是中國的結構，《西遊記》、《鏡花緣》、《儒林外史》都沒有 plot，但是都有結構，兩者「不同」，但是不等於好壞。王鼎鈞自感「唉，這好像要批判胡適了，罪過！罪過！」。

王鼎鈞提到，胡適提倡白話文絕不放棄任何機會，例如中國大陸掀起批判胡適的運動，胡適的兒子胡思杜站出來「大義滅親」，外國通訊社發出電報，說胡思杜「沒有緘默的自由」。在那種情況下，胡博士還有心情告訴中國記者，應該翻譯成「沒有不說話的自由」。

王鼎鈞文章最後特別提到，胡適到各地演講，美國之音駐臺北的單位都派人錄音，早期的丁秉燧常在現場拉線安置麥克風。大部分錄音都交給中廣節目部一份，節目部交給他聽一遍，他的任務是斟酌是否適合播出，或者摘出一部分播出。

王鼎均說：

他在工作中深受胡適語言風格的薰陶，胡適使

用排比、反復、抑揚頓挫，常使他含英咀華，胡適
有些話含蓄委婉，依然震撼人心，胡適明白流暢而
有回味。王鼎鈞說，他只能跟胡適學敘事說理，學
不到抒情寫景，胡適畢竟只是廣義的文學家。

我們讀過王鼎鈞散文的膾炙人口，他的許多作品被選
入高中課本教材，現在高中生讀他的《開放的人生》，讓
我聯想起 1960 年代，念高中時候喜歡讀朱自清的〈背
影〉，和夏丏尊的〈白馬湖之冬〉的散文來。（2021-09-
14）

胡適與《紅樓夢》

　　1961 年 2 月 25 日，《徵信新聞報》登載該報記者彭
麒的報導〈胡適和「紅樓夢」最古版本〉。

　　在彭麒報導文的刊頭，編者有如下文字記述的說明：
考證紅樓夢相當權威的胡適博士，最近準備將他收藏的
《乾隆甲戌脂硯齋重評石頭記》珍本影印五百部，使世間
愛好紅樓夢和研究紅樓夢的人，都可以欣賞這個最古版本
的真面目。

　　記者彭麒報導的內容，胡適博士決定影印這部珍本，
據說還有一項意義。胡適說：

> 曹雪芹死在乾隆二十七年壬午除夕，即西曆 1763
> 年 2 月 12 日。再過兩年，就是曹的死後二百年紀
> 念，他把這部最接近於最初稿本的甲戌本影印行
> 世，將作為曹雪芹逝世二百年紀念的一件禮物。

　　胡適博士非常珍惜這部世間最古又最寶貴的紅樓夢寫
本。胡適是 1927 年夏天，在上海買得大興劉銓福舊藏的
「脂硯齋甲戌抄閱再評」的石頭記舊鈔本四大冊，共有十
六回。

　　這十六回是第一回到第八回，第十三回到第十六回，

和第二十五回到二十八回，因為甲戌是乾隆十九（1754）年，所以這個鈔本後來就稱為甲戌本。胡適顧慮到這孤本在他手裡，有著保存流傳的責任。1948年，他在北平會讓兩位學人兄弟合作，用硃墨兩色影鈔了一本。

嗣於1948年12月16日，政府派飛機到北平接他南下時，祇帶出來了他先父遺稿的清鈔本，和決定影印流傳的甲戌本紅樓夢。1951年，美國哥倫比亞大學為這一珍本做成了三套顯微影片。

胡適博士說：

> 當他買得這一套珍本後翌年，曾發表過一篇以〈考證紅樓夢的新材料〉的文中指出，這個甲戌本子是世間最古的《紅樓夢》寫本，前面有凡例四百字，有自題七言律詩，結句是「字字看來皆是血，十年辛苦不尋常」，都是流行的鈔本刻本所沒有的。

胡適又說：此本每回有硃筆眉評，夾評，小字密書，其中有極重要的資料，可以曹雪芹的家事和他死的年月日，可以試知紅樓夢最初稿本的狀態。胡適另一篇〈跋乾隆庚辰本脂硯齋重評石頭記鈔本〉的文中指出，一個假設結論是，一甲戌本與庚辰本的款式看來，凡最初的鈔本紅樓夢，必定都稱為脂硯齋重評石頭記。

　　胡適認為，甲戌本雖然祇有十六回，而硃筆細評比其他任何本子多得多。其中有曹雪芹死後十二年的脂批，使我們確知曹雪芹死在壬午除夕，像這類可寶貴的資料，多不見於其他鈔本。

　　胡適很高興做了這件事，將《乾隆甲戌脂硯齋重評石頭記》影印出來，因為他盡了保存和流傳的責任。胡適這套書是委由中央印製廠精印五百本，印刷是以照相製版雙色套印，用四七磅半西道林紙，十二開本，字體大小與原版同，絲線古裝並外加封套。每部二冊。

　　以上，我蒐集的剪報是來自，1961 年 2 月 25 日《徵信新聞報》登載記者彭麒的報導：〈胡適和「紅樓夢」最古版本〉一文。如果讀者對於胡適的紅樓夢版本研究有興趣的話，可以在參考唐德剛譯註《胡適口述自傳》（1981 年 3 月傳記文學出版）。

　　若再想深入探討的話，可參考《胡適文存》（第三集）（1953 年 12 月遠東版）。（2021-09-15）

今聖嘆〈懷胡適之校長〉

1953 年 12 月 6 日，今聖嘆發表於《工商日報》的一篇〈懷胡適之校長〉。這篇文章內容主要記述，胡適之先生返臺講演，在北大同學會上說：「我至今還是北大校長，並非有辭職，政府也沒有免我的職。」

今聖嘆指出：

> 我們居海外的北大同學聽了，無論對胡先生識與不識，讀到他的談話，都感到六十之年的胡博士，和他三四十歲時一樣地樂觀，這給我們不少的信心。是的，胡適之先生是有名的樂觀主義者，他對於中國的前途從來也沒有悲觀過。
>
> 因為他是史學家，歷史是長長遠遠的，我們不能拿三五年看成未來的全部歷史，學過歷史的人不能夠短視，這倒不是樂觀主義或悲觀主義的問題，而是讀通了歷史沒有的問題。我們北大同學既然大多讀過《春秋》，我們現在當然還是稱他做胡校長，北大的校長一直還是他，因為北大並不一定要擺在北平沙灘漢花園或馬神廟，北大擺在全世界有『北大人』服務的每一個荒島，每一個角落。

今聖嘆的文內也談到，胡適的治校與治學。因為，這部分內容我覺得太重要了，容我引今聖嘆原文的記述胡適：

> 數十年來，中國學術界沒有一個能如胡校長之被普天下的人叫著好的學者，他是天生的學術界領袖，因為他從不因自己所學是文史哲學，而忽略了其他法理工農醫等的重要性，所以他在做北大校長的時期，北大是六院並行發展的，他深深瞭解近代中國學術的分類和做學問的異途同歸，作為一個學術界之領袖，應該是不囿於一隅的，我想他纔真是天生的最高學府的領袖，領導國家各個科學研究的最適當人選。
>
> 他治學既得益於中國的樸學家的科學精神，復得益於近世西洋學術的科學方法，胡校長適逢其會，將中西兩種方法和精神融會在一起，他的成功不是偶然的。雖然許多部書只寫了上冊，他自己也愛說「但開風氣不為師」的話，而且還刻有這樣一顆的圖章。

1954 年 1 月 4 日，今聖嘆又發表在《工商日報》，有篇〈但開風氣不為師 —— 漫談胡適之先生〉的文章，他也如此寫道：

自從大家離開平津以後，我已有五年沒有見過胡先
生了，前年冬間他從美國回到了臺灣，而去年初一
日（自四十一年十一月十九日至四十二年一月十七
日）重又去美，兩個月不到，在臺參加過多次團體
的座談會，應公司各機關的邀請做學術性的和一般
性的演講，以及答覆中外記者的訪問，集起來竟有
上下兩冊三百多頁的胡適言論集，足見這位六十二
歲的博士還是到處令人叫好鼓掌的人物，一些也沒
有老去。他的言論還是如以往數十年來的一樣，自
始至終是樂觀的。他到底是一個史學家，史學家的
眼光看得遠，不像普通人的短視，只顧目前，不高
瞻遠矚。

今聖嘆也特別提到，胡適的自由思想。他是如此地描
述胡適：

他的自由思想，可以說就是五四以來北大自由思想
的代表。胡適之三個字好似就代表北大是的民主自
由科學學術的作風，他一直領導著中國也可以說是
東方的民主和自由精神。在他二次戰前主持北大文
學院時期，正是北大學術的黃金時代，當時人才之
盛，堪稱空前。戰後他以眾望所歸，出任擴充為六
個學院（加上農醫工三學院）的北大校長，他完全

　　秉著他一貫的民主作風去做，其所集中的人才，使
舉國尋不出第二個學府來，真是中國高等學術史輝
煌之一頁。接收的日本財產和東方圖書館的圖書，
使北大的收藏，成為大學圖書館的東方第一家。

　　隔日（1954 年 1 月 5 日），今聖嘆同在《工商日
報》，有篇報導胡適〈打麻將聽平劇——由題字到他的小
腳太太〉的短文，記述了胡適的做人和修養。例如有人拿
出自己的著作希望胡適題字，胡適見到已有多人幫其題
字，於是幽默地笑著拒絕道：「不好不好，一本好的書是
不能請許多的人題字的，題多了字反而賣不出了！」。
　　胡適做人和修養的風度就在最緊要關頭，能以輕鬆和
幽默的態度從容處之，這也是為什麼大家都會喜歡聽胡適
演講的原因之一。（2022-02-07）

胡適〈白話文學運動〉

1954 年 3 月 16 日，《中央日報》登載胡適先生在北一女中的講演，該報指出，胡適博士昨天（15）日出席省立一女中之週會，講演白話文學運動。

胡適認為：

> 我國由于官話語言系統之地域極廣，說官話語言系統者極眾，加上近千年民間所寫之歌謠、戲曲、小說多用白話，而我國語言又為世界上各種語言中最容易、最有規律可循者，本此三者已為我國白話文學奠定良好基礎。他希望各級政府及教育界努力協助推行這一種能夠發揮政治、教育、文化統一的工具，大家都運用這種活的文字。

該報指出：

> 胡博士首先述說白話文運動的歷史，並根據歷史說明我國每一個文學發達的時代，文學之基礎，均為當時活的語言，由于時代的變遷，口語和生活環境的變化，當時的「活字」不久變老了、死了，變成「古文」，而一般士大夫階級卻仍願抱殘守缺，往

古文的牛角尖裏鑽，清朝以來，以規定之形式作為國家考試作文的限制，因之一般「讀書人」大多鑽入「死文學」的殼裏，幸而每一個時代，民間都不斷採用新的語言，創造活的文學，兩千年來中國文學就以此兩大支分頭前進，而士大夫階級亦不免受民間文學的影響，所以，現代的古詩、古詞、古文中，雖不盡是白話，但好的文學作品多為白話。

胡適在演講中繼續談到：

有些人認為我國既會以古文為統一考試制度的工具，則古文卻為統一政治、教育、文化的功臣，因而不忍捨棄，其實白話文卻正有三個極優厚的資本，來達成統一文化、教育及政治的任務，第一個資本就是官話的語言系統，我國語言雖各有不同，但真正令人不懂的方言卻佔不了多大的地區，我們可以自東北的哈爾濱劃條直線至西南的昆明，在這長達四千英里的地域中，都是用官話的系統。所謂方言系統的地區，不過佔百分之十，雖則這些地區人口比較密集，但官話系統地域的居民，至少是佔全人口百分之七十五，有這樣多人採用統一語系的語言，就是白話文的第一個大資本。
其次，在我們以前的人，已經利用這種極普遍的語

言，記載了無數的歌謠、故事、戲劇、小說，使我
們有了可循的途徑，也就是說，白話文已經有了相
當基礎，這就是第二個資本。

第三，我國語言最容易學習的，最有規則的一種語
言，因之，以語言為基礎的白話文極易推行，極易
運用。

胡適最後特別提到：

根據這三個原因，我們知道白話文必能有助於政治
的統一、文化的統一與教育的統一，我希望當今政
府各機關的公文以及憲法、法律都採用白話，使青
年們在學校裡所學的白話，在離開學校以後，到處
都用得著、行得通，那麼，白話文運動才有用處，
才能產生了四十年前我們推行白話文學所期望的效
果。

承上述，胡適的講到白話文發展，我認為胡適在【南
港胡適紀念館版】《白話文學史（上卷）》的〈引子〉裏
的最後一段話，更最可以作為胡適在這篇〈白話文學運
動〉講演的最佳註解：

一千多年的白話文學種下了近年文學革命的種子；

　　近年的文學革命不過是給一段長歷史做一個小結
束：從此以後，中國文學永遠脫離了盲目的自然演
化的老路，走上了有意的創作的新路了。（2022-
02-15）

胡適〈禪宗史的新看法〉

1949 年 4 月，胡適銜蔣介石之命，再度赴美爭取美方的援助。6 月，國府閻錫山組閣，胡適力辭外交部長不就。12 月，國府撤退來臺，1950 年 2 月，胡適接受普林斯頓大學葛斯德東方圖書館之職務。12 月，胡適在美，仍未接受陳誠內閣之邀，來臺接任臺大校長一職。

1952 年 11 月，胡適回臺講學。《公論報》於 1953 年 1 月 12 日，登載這篇胡適〈禪宗史的新看法〉的文章，應是胡適在臺期間所發表的演講稿。報載，一開始胡適說：

> 很抱歉！我這麼匆匆地趕來向各位老朋友、老同事們做學術演講，八點鐘的時候，我參加司法節，在司法行政部第一句話就是向司法界「抗議」，說：「自從回到祖國以後，我完全被剝奪了不說話的自由」。剛在那兒提出嚴重「抗議」之後，回到這邊來參加蔡（元培）先生紀念會又要被剝奪不說話的自由，可是我有句打油詩：「情願不自由，就自由了」，現在就正是適合那種情境。

胡適接著說：

朱（家驊）先生剛才說過，大陸上有許多同仁、老
同事們成天為著精神痛苦，要做許多坦白書，錢端
生的坦白書上說：「現在北大的人，除了宣告胡適
思想是敵人的思想外，還要進一步清算蔡元培的思
想。」蔡先生平生主張就是學術平等、思想自由，
剛才（蔣）夢麟先生說過蔡先生的精神是接受中西
文化交流的成果，這的確是天經地義的事情，不須
要我們強調的。

今天，我感覺到非常高興能夠參加蔡先生八十四歲
冥壽的壽辰。要我做學術演講實在很為難，因為多
少年來我的做學問已經做到牛角尖裡去了，《水經
注》考證，花了我五年的功夫還沒完成。二十八年
（1939 年）蔡先生死時，記得我講四百年來整理
《水經注》的成績，現在《水經注》又沒有帶來，
年紀大了，記憶力比較差，選擇了一個題目作點大
綱來和各位講講〈禪宗史的新看法〉。

以下，我謹就胡適所提出〈禪宗史的新看法〉的內容
做了概略記述：新的看法認為禪宗是中國佛教的一個革新
運動，也可以說是一個革命運動。這個革新運動的意義可
以分兩層來說：第一就是佛教的簡單化，他們要把繁瑣的
佛教變為簡易的。

第二就是佛教中國化，因為佛教，外來的宗教，一千

多年來，受了中國文化思想的影響，慢慢地要使它中國化，成為自己的宗教，結果在八世紀（唐朝中葉）武則天末年突然起來了一種奇特的革命的中國新佛教，叫做禪宗。這一個中國佛教的革新運動是經過長期演變而有的結果，絕不是突然的或是午夜三更弘忍（五祖）傳法給慧能（六祖）的結果。

至於這個演變的步驟，胡適作了簡單敘述之後，提到神會為七祖，慧能為六祖，慧能為弘忍傳法弟子。那麼勝利的新禪學是甚麼？神會的學說是革命的頓悟，主張無念、反對坐禪、反對修行，一切作意住心取空，取靜，乃至起心求證菩提涅槃，並涉虛妄，但莫作意。

禪宗是當時革命運動的代表，這種革命思想有不是孤立的，只是當時的危險思想的一部分。這時的禪宗可分為三派：一是生禪，二是修身，三是革命的。宗密的原著經中說有七家，有三家是守舊，四家是革命的，神會就是四家革命的一個，保唐寺也是四派之一，他們都認為念佛、作和尚是不對的，所以主張無念莫妄，廢止一切佛事。

中國的佛教經過禪宗的革命運動後，可以說已變成中國化了，這種思想影響到韓退之後來開始主張復古運動的原因，韓退之的格物修身齊家平天下是社會上的目標，然而要到這一時期佛教的禪宗在中國思想史佔有很重要的地位，其變化改革也是值得研究的。

胡適這場〈禪宗史的新看法〉講演內容，如果有興趣

想要進一步深入研究的話，建議讀者可以閱讀【1970 年南港胡適紀念館版】《神會和尚遺集》一書，當有助釐清中國佛教史與禪宗之間的關係。（2022-02-23）

胡適〈我對中國文學史的看法〉

　　1958 年 6 月 13 日，《中央日報》登載胡適博士於前一天在師範大學，以〈我對中國文學史的看法〉為題，發表的演說。

　　該報指出，胡適對中國文學史的看法，中國文學史自古迄今，祇有兩個階層：一是上層的文學，一是下層的文學。上層文學是士大夫文學，是廟堂文學，貴族文學，也是文人文學；下層文學是老百姓的文學，匹夫匹婦的文學，癡男怨女的文學，也就是平民的文學。

　　胡適指出，這兩種文學的發展路線，有時平行，有時並行，彼此相互影響。研究文學的人，假如不看清這兩種路線，很不易了解中國文學的歷史。胡適並列舉詩經和許多小說的實例，來證明他的這一觀點。

　　談到目前文學發展的情形，胡適指出，現在還有許多人用駢文打電話，用過去的方法寫文章；可是也有許多人，喜歡用白話來寫文章，老百姓們則用自己的語言，通過歌謠的方式，來表達他們的情感。

　　胡適認為，這兩種路線，也不是完全隔絕的。它們之間，也有著交通關係，互相影響。真正的文學史的紀錄，就是交通與不交通兩者之間的相互交替的歷史。

　　胡適繼續說：

第一：文學史上的新的花樣，新的格調，新的形式，新的工具，不管是中國的或是西洋的，凡是一種新的創造，它的發源地均來自下層。中西文學史都很少例外。老百姓是創造者，而文人都是守舊的；學了老的一套，總捨不得丟開。第二：老百姓創造的，都是新鮮而有活力的，流行得快，傳播得廣。因此，上層往往逃不開下層的影響。

胡適舉例：

譬如，上層社會人家的孩子，家裡有廚司，有奶媽，有男女傭工，當父母出去打麻將時，孩子們總逃不開奶媽的影響。這些傭人們，常常唱歌或說故事給孩子們聽。說故事是無意的，而在孩子的腦海，卻留下很深的印象。有時當父母不在時，也會主動的要求他們繼續的講。當孩子長大時，便對這些故事不能感到滿足了。於是，有天才的大孩子，便偷閒來修改這類的故事。經過長時期及許多人不斷的修改，乃發生了文學上的演變。例如《水滸傳》從宋朝至明末清初，祇有七十一回的定本，你改一章，我改一章；你改一回，他改一回。每改一次，都比從前更好，當然也有更壞的，那僅是少數。不但長篇如此，短篇也如此，例如《古今奇

譚》等，也有這類情形。

胡適說：

上述情形是第一種交通的關係，也是良好的關係，這也是中國民間文學寫定的時期。例如從日本所保存的《全相評話》，其中有《三國演義》，有《封神榜》等，這是一部最初，也是最幼稚的本子，倘拿來跟後來的相比，就可以看出演進的情形。上面這些修改的文人，都是偷偷摸摸修改的。他們不肯用自己的真名字，所以有很多的書難於考定。

說到更好的一面，是有天才的人，覺得偷偷摸摸的改人家的東西不過癮，他們受了新工具、新花樣的啟發，忍不住產生創造的欲求。於是，使他們有膽量，有決心，進一步來創造新作品；也就是從偷偷摸摸的改寫，轉到明目張膽的創作、這是交通的第二個時期。

這兩層交通路線的相互影響關係，並不是永遠滿意的。在壞的方面，第一：上層路線做了六百年八股，老百姓天天聽到老爺哼；但是他們不懂，也就不能影響到下層。第二：各地方的戲，就以平劇說，因為無人創作新歌劇，原有的戲劇文字，也沒有經過好好修改，因此便沒有進步。

　　胡適最後指出，有很多作家很了不起，當一陣創作熬過去後，文人老脾氣又來了，又回到模仿。例如律詩、律賦，乃至八股，不但不進步，而且墮落了。他們做的這些東西，是文人的玩意兒，八股就是對對子，等於我們纏小腳。演變到這種情形，作家祇知道注重技巧，忘了藝術，忘了創作，文學僵化了，變成化石，變成玩意兒，文學的生命也就死了。

　　胡適在這場演講前，利用時間，還曾贈送「中國語文月刊社」一首他的舊詩：「山風吹亂了窗祇上的松痕，吹不散我心頭的人影」；還有一首胡適於 1952 年 12 月，引柳永詞句贈該社的「衣帶漸寬終不悔，為伊消得人憔悴」。凸顯胡適主張的白話文詩。

　　上述所提到胡適的這兩首白話詩，我也都很喜歡，並常常在適當場合拿來引用，以描述自己的心境。（2022-02-25）

李青來〈胡適六八壽辰〉

1958 年 12 月 17 日，是當時任中央研究院長胡適的六秩晉八壽辰，同時是北京大學六十周年校慶。當（17）日《中央日報》記者李青來撰寫〈羅家倫談胡適使美二三事〉，內也報導了北大同學前往南港中央研究院向曾為該校校長，現任中央研究院長胡適的六十晉八壽辰祝賀。

> 他們在院裡佈置了一個簡單壽堂，同時還舉行一個特別展覽，這展覽分兩部分：一部分是慶祝北大六十周年校慶暨胡適校長六十晉八壽辰特展，展出的項目包括胡適博士歷年著作，北京大學文獻，蔡元培、蔣夢麟、陳大齊、傅斯年、胡適的書信、蔡元培、傅斯年的照片；另一部分為古物展覽，展出項目包括：商周陶器、商周玉器、商代石器及雕刻、商代甲骨、漢代木簡以及新疆唐代壁畫。

胡適在北大同學拜壽之後，一起回到臺北參加在靜心樂園的餐會，並發表演說。這餐聚會很簡單，每人祇出二十元，這是遵照他們的胡校長的意思辦理的，他們的胡校長，在知道他無法躲避這一祝壽舉動時，曾經這樣表示

過，現在國難時期，必須一切從簡，因此他們在今天，只有一碗排骨壽麵，四隻壽桃來慶祝並紀念他們的雙重喜事。

《中央日報》17 日的報導之外，還有幾項具有特殊意義的活動，我從蒐集來的剪報中臚列幾則重要的新聞報導，包括：

《中華日報》於 18 日登載，北大校友二百餘人昨上午十時齊至南港中央研究院向胡博士祝壽，並參觀展覽會，所展出之資料除一部分為古物及胡博士著作外，其餘多係共匪批判胡適的書籍，計有胡適思想批判、胡適反動思想批判、批判胡適實用哲學、批判胡適反動哲學思想、批判胡適實用主義反動性和反科學性、紅樓夢問題討論、我的思想是怎麼轉變過來的、思想改造第一集等。

《中華日報》還登載，中央研究院長胡適博士六秩晉八壽辰，陳（誠）副總統特贈花籃一個，以示祝賀之忱。于右任、堯樂博士、傅秉常、張道藩、程天放等數百人皆親往祝賀。也登載，輔仁大學校友會代表王紹楨、田寶田、朱家鶴、溫德馨等四人往南港向該校董胡適博士祝壽，並以本省名產牛角雕製文房四寶及煙臺各一套為壽禮，致送給胡適博士。

《中華日報》還刊登餐會中胡適演講的內容：

今天是北大的校慶，但是我們所夢想的北大，所懷

念的北大，已經淪陷了，變色了。因此，我們沒有心情，尤其不忍來慶祝校慶，而只是來紀念它。我們要紀念的過去，哀弔北大的現在，展望北大的將來。第一件值得紀念的事是民國八年掀起的五四運動，海內外學生聞風響應，王世杰等在巴黎組織學生代表團，阻止中國代表簽字於巴黎和約。這完全是一種自動自發的愛國運動。

第二件值得紀念的事是蔡元培先生創造了北大的新精神。蔡先生於民國五年接任校長，樹立六種新風氣，亦就是北大的精神：一是高尚純潔的精神，二是兼容並包的精神，三是，合作互助的精神，四是發揚蹈厲的精神，五是獨立自由的精神，六是實事求是的精神。

第三件值得紀念的事是蔣夢麟先生繼蔡元培先生後二十年的貢獻。蔣先生至北大後，力撐艱難，促使中美文化基金會與北大合作，至民二十年，造成新的北大，成第一流大學。至北平淪陷後，北大、清華和南開三所大學的師生，南下組織西南聯合大學……造就不少人才。

　　至於，胡適所提北大值得哀弔的事，胡博士說：「我們許多老同事和老朋友淪於人類歷史罕見的共匪暴政統治下，忍受一切痛苦和壓迫，我們對他們寄予最大的同

情。」

最後，這位壽星說：

> 將來的展望沒有別的，就是我們大家要一同回大
> 陸，我已是七十歲左右的人，但很有信心。他又強
> 調地說：蔡元培和蔣夢麟先生所留下的北大精神，
> 今日仍在大陸上作為防毒劑和抗毒素，仍在那裏
> 「作怪」。他說：「功唐不捐」，六十年來的北大
> 精神是永遠會存在的。

我閱讀這有關胡適六八壽辰的新聞報導，感受到胡適
謙謙君子的人氣很旺，但也部分印證了胡適「愛熱鬧」、
「好面子」的受到人批評的缺點來。（2022-03-04）

胡適〈一個人生觀〉

1959 年 1 月 8 日，《中央日報》登載中央研究院院
長胡適博士，於昨日下午七時三十分，應國立臺灣大學華
僑同學會之邀請，在國際學舍發表演說，題目是〈一個人
生觀〉。在這篇演說中，胡適博士從健全的個人主義的人
生觀作起點，談到知識的快樂，更談到社會的宗教問題。
胡適說：

> 人生觀是一個人對於人生的態度，每個人都有每個
> 人自己的人生觀。他所選的題目〈一個人生觀〉，
> 就是要提出幾點，做為大家思考的材料。他說，他
> 在年齡上比大家多活了幾年，他要將它生活和經驗
> 中得到一切資料，供給年輕的同學們作為確立自己
> 人生觀時的參考。

胡適博士說：

> 健全的個人主義的人生觀，是平凡的，也是不令人
> 害怕的。……在中國的思想史上，有一個很健全的
> 個人主義思想，那就是中國大政治家王安石——王
> 荊公。王安石一生刻苦自己，在衣食住行方面從不

講究，並且一生為國家謀安全，為人類謀福利，看起來似乎不是個人主義，但在他的詩和他的文章中，可以看出，他的人生觀是「為己，為我」。

王安石有一篇文章叫作〈楊墨〉，王安石在這篇文章中，非常讚成楊朱。他說「楊朱為己，學者之本；墨翟為人，學者之末」。像王安石這樣一個不為己的人看中了為己的人，為什麼？胡適說，王安石當時另有一句話說：「為己學者之本，為人學者之末，學者治事，必先為己，其為己有餘，則天下是可以為人，不可不為人。」

胡適亦舉戲劇家易卜生在晚年的時候，曾給一位年輕的朋友寫信說：

最期望於你的祇有一句話，希望你能做到真實的、純粹的為我主義，要你有時覺得天下事祇有自己最重要，別人的不足想，你要想有益於社會最好的辦法，就是把你自己這塊材料鑄成器。也就如孔子所說的「修己以安人」。

胡適繼又談到知識的快樂說，他在幼年的時候不用說，但自他有知以來，他就認為，人生的快樂，就是知識的快樂，作研究的快樂，找真理的快樂，求證據的快樂。

從求知識的慾望與方法中深深地體會到人生是有限的，知識是無窮的，以有限的人生，去探求無窮的知識，實在是非常快樂的。胡適又舉孔子「其為人也，發憤忘食，樂以忘憂，不知老之將至也」，和英國兩位大詩人勃朗寧的一首〈一個古文法學者的葬禮〉與丁尼生的詩，來說明追求新知識的精神。

胡適最後談到社會的宗教問題，他說：

> 他是一個無神論者，他不信靈魂與鬼神，但他卻認為一個人總是有一種制裁的力量的，相信上帝的人，上帝是他的制裁的力量，我們古代講孝，於是孝便成了宗教，成了制裁。他又說，現在在臺灣宗教很發達，有人信最高的神，有人信很多的神，尤其現在是處在這動亂的時期中，許多人為了找安慰都走上宗教的道路。他所說的社會的宗教，乃是一種說法，中國古代亦有此種觀念，即人生有三種不朽：立德、立功、立言。

胡適說：

> 究竟一個人要立德、立功、立言到何種程度，他認為範圍必須擴大，因為人的行為無論為善為惡都是不朽的，我國的古諺：「留芳百世，遺臭萬年」便

是這個意思。胡適舉釋迦摩尼的死，創造了佛教，希特勒所著這本《我的奮鬥》對社會的影響，製造了二次世界大戰，犧牲了數百萬人生命，這都是不朽的。他並談用細菌來說明不朽的道理。他最後說，一個人在社會上，他個人的為人，他個人所作的事，他個人所作的事，有微細的也有偉大的，這微細與偉大的事均在某一時間，某一人，某一場合有其善的影響，和惡的影響。

因此我們的行為，一言一動，均應向社會負責，這便是社會的宗教，社會的不朽，善惡好壞，一個人的為人，以及他的人格，行動，思想，文章，說話莫不對社會有影響。我們千萬不能叫我們的行為在社會上發生壞的影響，因為即使我們死了，我們留下的壞的影響仍是永久存在的。「我們要一出言不敢忘社會的影響，一舉步不敢忘社會的影響。」即使我們不能使我們在社會上留一白點，但我們却絕對不能留一汙點，社會即是我們的上帝，我們的制裁者。

　　1959 年，胡適博士對國立臺灣大學華僑同學會的演講〈一個人生觀〉。胡適苦口婆心講的這些話，迄今已經 63 個年頭過去了，或許仍留下給我們現在的許多大學生們勉勵與省思的地方。（2022-03-11）

胡適〈找書的快樂〉

1959 年 12 月 28 日，《公論報》登載中央研究院院長胡適博士於昨（27）日，在中國圖書館學會假中央圖書館雅堂所舉行第七屆年會的演講，題目是：〈找書的快樂〉。

胡院長在四周堆滿書籍的雅堂「書城」內，談他一生找書的樂趣。他說：

> 我不是藏書家，只是一個愛讀書能用書的書生，買書必須先買工具書，在買本行書。換一行，就得另買一種書。今年我六十九歲了，還不知道自己本行到底是哪一門？是中國哲學史？還是中國思想史？抑或中國文學史？或是中國小說史？《水經注》？中國佛教思想史？中國禪宗史？我所謂的「本行」，其實就是我的興趣，興趣愈多就愈不能收書了。十一年前我離開北平時，已有一百箱書，約計一、二萬冊。……到末了只帶了四本……自己本行的書一本也沒有，還需要依靠中研院史語所的圖書館及別的若干圖書館來過日子。

胡適博士又說：

我這個用書的舊書生一生找書的樂趣固有，但找不到書的苦處我也嘗到過。我在民國九年寫《水滸傳》考證的時候，可憐得很，參考的材料只有金聖歎的七十一回本《水滸傳》征四寇，及《水滸傳》傳，至於《水滸傳》的一百回本，一百一十回本，一百一十五回本、一百二十回本、一百二十四回本，都沒有看過。等到我的《水滸傳》考證問世的時候，日本才發現《水滸傳》的一百回本，一百一十回本，及一百二十回本，同時我自己也找到一百一十五回本，及一百二十四回本。做考證工作，沒有書是很可憐。

考證《紅樓夢》時，大家知道的材料很多。普通所看的《紅樓夢》都是一百二十回本，這種一百二十回本，並非真的《紅樓夢》。曹雪芹四十多歲死去時，只寫到八十回，後來由程偉元、高鶚合作，一個出錢，一個出力，完成了後四十回。

胡博士接著又談他尋找關於《儒林外史》的材料，他說：

《儒林外史》是罵當時的教育制度，批評政治制度中最重要的環科舉制度。在吳敬梓的《文木山房集》中包括有賦一卷（四篇），詩二卷（一三一

首），詞一卷（四七首）。一百年前我國的大詩人金和，於跋《儒林外史》上說他收有《文木山房集》，有文三卷，詩七卷。可是一般人都說沒有刻本，我不相信，便拖人在北京書店找，找了好幾年沒有結果，在民國七年才在北京書店找到了，我用這本集子參考安徽全椒縣志寫成一本一萬八千字的吳敬梓年譜，中國小說家的傳記資料。沒有一個比這更多的，民國十四年我把這本書排版問世。

胡適談到他有計畫的找書經過，他的尋找佛教禪宗歷史上重要人物神會和尚為例，他說：

我在宋高僧傳的慧能傳與神會傳裏發現神會和尚的重要，當時我做了個大膽的假設，猜想有關神會的資料只有在日本及敦煌二地可以發現。因為唐朝時，日本派人來華學習，一定帶返很多史料，以後果然在日本找到宗密的圓覺大疏抄，及宗密的禪源諸詮集，另外又在巴黎的國家圖書館及倫敦的大英博物館發現數卷神會的資料。知道神會為湖北襄陽人，到洛陽長安傳佈大乘佛法，並指陳當時的兩京法祖三帝國師非禪宗嫡傳，遠在廣東的慧能，才是真正禪經一脈相傳下來的。

但神會的這些指陳不為當時政府所取信，反貶走神

會。剛好那時發生安史之亂，唐玄宗遠避四川，肅宗召郭子儀平亂，此時國家財政貧乏，軍隊餉銀只好度牒代替，則非一高僧宣揚佛法，令人樂於接受度牒，神會就担承了這項推行度牒的任務。郭子儀收復兩京（洛陽、長安），軍餉的來源不得不歸功神會。亂平肅宗迎神會入宮奉養，並尊神會為禪宗七祖，所以神會是南宗的急先鋒，北宗的毀滅者，新禪學的建立者，壇經的創作者，在中國佛教史上沒有第二個人有這那偉大的功勳，永久的影響我的神會和尚全集，將可以明年出版。

該報報載，胡博士最後指出：

根據我幾十年找書的經驗，發現我們過去的藏書範圍外偏狹，過去收書的目標等於收藏古董，小說之類決不在藏書之列，但我們必須瞭解，真正收書的態度是要無所不收的。

承上述，胡適所指出「永久的影響我的神會和尚全集，將可以明年出版。」我也學胡適重視「找尋資料應無境界」，於是我遍查胡適著作目錄，並未查到其所講《神會和尚全集》的大作，只查到 1968 年胡適紀念館出版胡適的《神會和尚遺集》，這時間已是 1962 年胡適過世後

的第六年了。

　　檢視《公論報》這篇的登載，胡適在中國圖書館學會第七屆年會演講的〈找書的快樂〉。胡適以其考據《水滸傳》、《紅樓夢》、《儒林外史》，與神會和尚資料的經過，來凸顯他找書的樂趣之外，更重要是強調圖書館真正收書的態度是要無所不收的。

　　藉此要附帶一提的是，近來疫情的感染無所不在，據稱國內只有書店和圖書館的場所未有感染消息的疫調傳出。不過，這是尚未學胡適的考據精神，其正如有人說「拿掃把可以擋子彈」的同樣未經證實。（2022-04-11）

王洪鈞〈胡適要再積極奮鬥十年〉

　　1959 年 10 月 12 日，《中央日報》登載胡適在美接
受王洪鈞的專訪文。該文開頭：胡適先生去加州大學講學
途中，筆者曾在芝加哥和威斯康辛州的麥迪遜城，與胡先
生作三日暢談。發現六十六高齡的胡適先生雖然白髮日
增，但仍懷著一顆比青年人還要年輕的心。胡先生步履已
經緩慢，上坡時總要喘息，但向前走的意志仍十分堅強。
他每天繼續讀書，繼續思索。他說：「我要再積極奮鬥十
年。」

　　王洪鈞專訪的內容：

> 午後的秋陽照耀著威斯康辛州平坦的牧場。在麥迪
> 遜城曼多他湖畔一棟房子內，胡適先生正在讀一本
> 好像是有關國民黨掌故之類的小冊子。筆者走進
> 去。胡先生闔上書，點燃一支煙。我們討論《獨立
> 評論》、《新青年》等雜誌在中國近代新聞史上的
> 地位。很自然地，談到共產黨和青年黨早年的歷史
> 以及已經作古的人物。

　　胡適說：

「從那時候開始，自由思想和共產主義便不能相容。」胡先生從皮包內拿出兩本書給筆者看。說：「我在紐約上飛機前，有位朋友特別趕到機場來送給我。都是我正缺少的。這套胡適思想批評選集已出到第七冊。紅樓夢批評已經出到第四冊。兩集書合起來總有三百萬字了。這就是共產黨所謂大力清算胡適思想的成績。」「這些人被迫作文章時，內心一定非常痛苦？」筆者問。「不會的」，胡適輕鬆的回答。「他們最初也許會怕我生氣，但現在已經知道我了解他們的處境了。我不久前說過共區內沒有緘默的自由。這句話已傳到他們耳邊。我從他們最近所寫的幾篇文章內巳看出這件事了。」
胡先生說話時心平氣和。但兩天以後，在美中西部一百三十幾位學術界人士的餐會上，這位溫和的學者終於憤怒地向共黨還擊。他喊著毛澤東、劉少奇、郭沫若等人的名字，痛斥共黨剝奪人民思想的自由並清算人民自由的思想。顫聲中裏著怒火，胡適先生激動的說：「自由思想，誰也清算不了。我要為我的理想繼續奮鬥。」

這位老兵（指胡適）說：

新文化運動開始於偶然。早在一九一五年康乃爾大

學有幾個中國學生陪著一位剛從國內來的女學生，在康奧茄湖上划船，湖上忽然起了暴風雨，眾人奔上岸混身打溼了，且險些落水。其中一位寫了一首詩紀念這件事。並把它寄給他。胡先生回信說詩寫得不好，因為今人寫今天的事，卻用幾千年以前的文字和體裁，實在沒有道理。此後，在康乃爾、紐約和華盛頓幾處的中國留學生間展開筆戰。新文化運動便從此開端。

胡適先生說：

白話文運動主要是提倡用活的文字表達思想，造成一種新文學，自由的文學。從文學革命開始，產生了新文化運動。用胡先生自己的話來解釋。「所謂新文化運動就是用今日的眼光用科學的方法把祖宗傳下來的文化遺產重新估價」。胡先生認為在今日世界中，人人應運用獨立思想的能力，以懷疑的精神，尋求一切事物的價值及其真正意義。所以新文化運動的兩個口號便是民主與科學。

胡先生說：

剛才聽人談起我說過的「大膽的假設」和「小心的

求證」這兩句話。這正是我們幾十年來研究中國文化的方法。我們強調證據。我們祇相信真實的證據。我反對任何人被人牽著鼻子走。被孔夫子牽著鼻子走，固不算好漢。被馬克斯和列寧牽著鼻子走更不算好漢。

共產黨反民主反科學。共產主義在以教條向人行騙。共產黨的所作所為經不起科學方法的考驗。共產黨以三百萬字的著作，印了十幾萬冊書籍來清算胡適思想，來「搜尋胡適的影子」，來「消滅胡適的幽靈」。共產黨越清算我的思想，越證明這種思想在廣大的中國人民心裏，發生了作用。中國人民一日未喪失民主自由的信念和懷疑求證的精神，毛澤東、劉少奇和周恩來便一日不能安枕。郭沫若等一幫文化奴才便要繼續清算我的思想。

以胡風事件為例，胡先生強調自由思想不會在匪區中止。他幽默地說：

胡風真是該死。張谷非的名字好好的，他不用，偏要叫「胡風」。在共黨一條鞭的奴才文藝制度下，他偏要提倡什麼文藝自由。從毛澤東的立場來看，胡風自然應該清算。但是，胡適有力地說：「胡風事件可說明自由思想依然在共產黨的控制下滋生蔓

71

延。胡風可被清算。新文化運動已在匪區中止。昔
日的文化革命者正在接受審判。但自由的思想將繼
續在匪區開展。誠如大家對我的期望一樣，我沒有
老，我要繼續向前！」。

當胡適先生說他要繼續向前時，他是誠懇的，正像對
自己立下一個誓言。稍後在密爾窩基城一個餐敘的場合
中，大家看到胡先生健飲健談的樣子，便說胡先生可繼續
領導中國的新文化運動至少二十年。胡先生說：「二十年
不敢說，我要再積極奮鬥十年！」

王洪鈞在這篇訪問稿中回憶：

八年前的冬季，胡先生乘最後一架飛機從北平去到
南京，筆者曾去赤峰路胡先生的寓所看他，胡先生
正患喉痛，幾日沒有出門。他說：那幾天他正在思
索三十年來所走的非政治的文化的思想的救國路線
是走對了是走錯了。筆者在麥迪遜和密爾窩基兩地
都向胡先生提出這個問題。胡先生說：「我們沒有
政治野心。思想文化的途徑有其巨大的力量，有其
深遠的影響。」但胡先生鄭重地說：「我絕不反對
年輕人作政治活動。青年人應積極參加政治。」

王洪鈞最後指出，胡先生目前正在加里福尼亞大學講

學。四個月後，他可能乘輪船回臺灣來。他說這樣可以在海上休息兩個星期。胡適先生和夫人都很眷念臺灣。這次到臺灣，也許要住得很久。

以上文字，是王洪鈞在美專訪胡適之後，1959 年 10 月 13 日登載於《中央日報》的重要內容。文內胡適告訴他「要再積極奮鬥十年」。我們簡單算了一下，可惜不到 3 年的時間，胡適於 1962 年 2 月 24 日在主持中央研究院第五屆院士會議，就因心臟病猝死於任內，得年 71 歲。

胡頌平《胡適之先生晚年談話錄》〈五月二十三日星期六〉有則這樣的談話錄：

> 賈景德帶同一位女青年來見先生（指胡適），賈景德說他自己會看相的，他說先生可以活到一百歲。先生笑著說：「我不希望活到一百歲，我只希望像你的年齡——八十一歲，大先生十一歲——不要人家幫忙還可以工作就行了。」

可惜這希望讓胡適落空了。如果胡適能夠真的再繼續積極奮鬥十年，或許、或許對於當時臺灣的民主自由和文化發展的影響將會更深遠。（2022-04-15）

胡適談〈四十年來的中國文學革命〉與〈新詩〉

　　1961 年 1 月 11 日，《徵信新聞報》登載胡適於 10日下午兩場講演的報導，第一場是下午 1 點至 3 點，在美軍官婦女俱樂部的英語講演，題目〈四十年來的中國文學革命〉；第二場是下午 4 點 30 分至 6 點，美國駐華大使莊萊德夫人在中山北路的官邸招待臺灣新詩界詩人的茶會，胡適談的有關新詩的主題。

　　第一場演講，應邀參加的貴賓有：美駐華大使莊萊德夫婦、美協防司令史慕德中將夫婦、美軍援華顧問團團長戴倫夫婦等。胡適在〈四十年來的中國文學革命〉的講演內容，與其於 1958 年 6 月 12 日應邀在臺灣師範大學講演〈我對中國文學史的看法〉，在部分內容上再提強調中國文學史，自古迄今，衹有兩個階層：一是皇室、考場、宮闈中沒有生命，模仿的高層文字，一是民間的通俗文字，特別是民謠，通俗的短篇故事與偉大的小說。

　　胡適在這次講演中特別提到，這些偉大的故事與小說成了學習標準日用語言（白話）的教師。可是其中缺少一個重要的因素——對於這種語言質美、單純、達意的「自覺的認可」，以及「自覺與蓄意」的主張將白話作為教育與文學必要且有效的工具的努力。

所以，胡適說：

> 我與我的朋友在四十年以前所做的只是彌補這一缺
> 點。我們公開承認白話是文學上一個美麗的媒介，
> 在過去一千年中，特別是近五百年中它已產生了一
> 種活的文學，並且是創造與產生現代中國文學的一
> 個有效的工具。這一運動——一般稱為文學革命，
> 但是我個人願意將它叫做「中國的文藝復興」，是
> 我與我的朋友在一九一五、一九一六與一九一七年
> 在美國的大學的宿舍中所發起的。直到一九一七
> 年，這一運動才在中國發表。經過幾年艱苦的奮鬥
> 與激烈的爭辯以後，這一運動最後受到全國的承認
> 與接受。

第二場演講，「胡適論新詩，認為有前途，打開新路
待充實」。這次駐華大使莊萊德夫人招待臺灣新詩界詩人
的茶會，亦是為光大中美文化交流的一連串活動的第二項
節目，莊夫人於去年十二月間所主辦的中國當代畫展為其
各項活動中的第一項節目。這次應邀參加的中國新詩詩人
有：胡適、羅家倫、梁寒操、紀弦、余光中、周夢蝶、鄭
愁予、羅門和美國詩人艾強等二十餘位。

胡適對著在場的新詩詩人說：

　　臺灣每年聚會一次的詩人節（指舊詩），參加的詩
人數達一千人，和我們今天出席的二、三十人比較
起來，那他們的人數多極了。但是，他們所走的是
一條死路，沒有前途的，而我們走的路是一條新
路，有前途有希望的路。

　　胡適又提到，今後他將把寫詩的標準放寬，所有個人
作品將編於《胡適詩存》裏。過去胡適所寫的詩是編於一
本叫做《嘗試集》的新詩文存中。胡博士於 1948 年乘專
機離開北平時，將二十餘年來所蒐集的新詩，遺失殆盡，
他希望與會的新詩朋友們，多給他一些蒐集新詩的機會。

　　他說，四十年前，他和他的朋友花了一年多的時間討
論白話寫作的問題時，反對者居多，最後他的朋友們雖然
同意了，但僅同意可用以寫小說，但不能用以寫高等文
學，他說，自 1917 年 8 月以來他即以白話寫詩，至今仍
守成未破，為將來的人在新詩寫作方面開門開路。

　　報導還特別提到胡適，這位自謙在新詩寫作方面為
「開路有功，創造無力」的博士於致詞結束時表示，在他
所選擇的一條考證歷史的路，已為男女詩人們打開的新
路，他希望這條已被打開的新路，由大家的力量予以充
實。

　　在該報導的最末，有段特寫胡適「趕赴兩處茶會，博
士忙中寫作」的文中寫道：「年已七十的胡博士對於參加

宴會的興趣不減當年，他雖於百忙中仍不忘於寫作。」還引胡適：「他說，他於十日下午兩個宴會中的空閒時間裏，仍趕返南港寫下一點東西」，但他又補充說，他把莊萊德夫人的茶會時間誤會為四時三十分開始。他說，如果他記得是四時開始的話，他將不回南港，而改作「逛書店」了。

　　這也凸顯胡適在古稀之年，仍然是忙碌於演講、書寫與閱讀的生活而樂此不疲，或許他亦有感於自己正與時間賽跑。我們遺憾的是，天不從他願，胡適於隔年 2 月，即不幸因心臟病發而過世，留下許多敬佩和喜愛他的人不勝唏噓。（2022-05-16）

李青來〈從前和今我 ── 胡適博士生日前一席談〉

我收藏 1950、1960 年代，報紙上多篇有關記述胡適的部分文字。今天筆記的這篇〈從前和今我 ── 胡適博士生日前一席談〉，是 1960 年 12 月 17 日《中央日報》登載記者李青來，在胡適六十九歲生日的前幾天，於臺北郊區某地避壽時所應各報記者之請的訪談。

> 棄我去者，二十五年，不會回來。看江湖雪霽，吾當壽我，且須高咏，不用御杯，種種從前，都成今我，莫更思量更莫哀，從今後，要那麼收穫，先那麼栽。
>
> 前宵一夢奇哉：似天上諸仙采藥回。有丹能却老，鞭能縮地，芝能點石，觸處金堆，我笑諸仙，諸仙笑我，敬謝諸仙我不才。葫蘆裏也有些微物，試與君猜。

胡適這首〈自壽詩〉是 1916 年 12 月 17 日，他二十五歲生日時，用沁園春詞調，為慶祝自己生日所填的詞。也是他在前幾天，與記者談到他虛歲七十歲生日的重要感想。

胡適博士說：

> 他詞中所說的「葫蘆裏也有些微物」的禮物，就是
> 他在那時立下志願，想給中國的文化、思想與教育
> 打一點新的基礎。可是從他二十五歲直到今天，已
> 經足足的四十四年，他葫蘆裏的微物，也是他葫蘆
> 裏所賣的藥，看來功效並不太多。
>
> 他說，這不能說是他所賣的藥不靈，因為醫生是有
> 割股之心的，只是有些病人不吃他的藥，有些病人
> 吃了之後，又吃別的藥，以致抵銷了他的藥的力
> 量。他感嘆地說，一個做醫生的，是只能掛牌而不
> 能勉強病人吃藥的，因此，不論四十多年他的藥所
> 收的功效怎樣，他仍然堅信他葫蘆裏所賣的藥是具
> 有功效的。

胡適向記者表示，他希望政府能在他七十歲的時候給
他退休，讓他好好利用餘年，離開這所院長住宅，搬到另
一所學人住宅裏去，關起門來，靜靜地去做研究工作，把
許多未了的帳清一清。胡適從神會和尚談起，說他的《神
會和尚全集》明年可以出版。

胡適博士除了回想他過去的六十九年，對數理科學和
自然科學學得太少，引為一生最大的憾事外，他接著又談
到過去有人要他以他的名字對對子，他曾用「胡適胡適，

方還方還」和「胡適胡適，徐來徐來」，他感慨地說，對
對子不過是一種玩意兒，沒有絲毫文學價值。

我們中國的文學原是世界上最簡單的，可是我們老祖
宗走錯了路，並且一錯，錯了數千年，本來很簡單的文
字，要把它弄成駢文、律詩、賦、八股文，說話不好好的
說，一定要做成對子，自以為很美，事實上，猶如一個裹
了小腳的女人，一點沒感也沒有。不幸，今日在中國，這
些話祇有我胡適之敢說，這些話也是我胡適所說的最重要
的話。

胡適最後並談到胡夫人江冬秀女士說，胡夫人本來是
要在今年回國的，可是後來因為兒子媳婦孫兒都去了美
國，所以暫時不回來，將來還是要回來的。胡適風趣地
說，要知道在一位老太太的心目中，兒子和孫子當然比先
生重要得多。

他又說，他的生日是陽曆 12 月 17 日，胡夫人的陰
曆生日卻是 10 月 8 日，在 1910 年那一年，陽曆的 12 月
17 日恰巧是陰曆 10 月 8 日，因此那天，是他陽曆生日，
又是胡夫人的陰曆生日，為了紀念他們的雙生日，他曾做
了一首詩送給胡夫人。這首詩是：

> 他干涉我病裏看書，
> 常說，「你又不要命了！」
> 我也惱他干涉我，

常說，「你鬧，我更要病了！」

※ ※ ※

我們常常這樣吵嘴，——

每回吵過也就好了。

今天是我們的雙生日，

我們訂約，今後不許吵了。

※ ※ ※

我可忍不住要做一首生日詩。

他喊到，「哼，又做什麼詩了！」

要不是我搶得快，

這首詩早被她撕了。

　　胡適博士又把他在和胡夫人訂婚之後，結婚前一年，
和結婚之後他贈給胡夫人的幾首詩找出來念給記者聽。這
幾首詩是：

　　（一）生查子（民國五年，胡適博士與胡夫人訂婚
　　之後，尚未見過面，他做了這詞，贈給胡夫人）。
　　前度月來時，
　　仔細思量過。
　　今度月重來，
　　獨自臨江坐。
　　※ ※ ※

風打沒遮樓,

月照無眠我,

從來未見他,

夢也如何做?

(二)如夢令(民國六年,胡適博士由美返國,聽到未婚妻病了,特去探病,因為舊禮教的關係,被當年尚未結婚的胡夫人拒絕見面。胡適博士悵然歸去。做了這兩首詞送給他)。

他把門兒深掩,不肯出來相見。難道不關情?怕是因情生怨。休怨!休怨!他日憑君發遣。

※ ※ ※

幾次曾看小像,幾次傳書來往。見見又何妨!休做女孩兒相。凝想,凝想,想是這般模樣。

(三)如夢令(民國六年,胡適博士和胡夫人已經結婚,那年八月,他和胡夫人在京寓夜話,忽然憶及一年前舊事,遂和前詞送給胡夫人。)

天上風吹雲破,月照我們兩個。問你去年時,為甚閉門深躲?「誰躲?誰躲?那是去年的我!」

上述,是記者在胡適生日的訪談裡,除了向胡適博士祝賀他生日快樂外,更為遠在海外的胡夫人祝福。

對於我今天的整理〈閱讀胡適筆記〉而言,我是在過了 62 年的這麼長時間之後,才讀到記者李青來這篇〈從

前和今我——胡適博士生日前一席談〉的報導，我敬佩胡
適在他六十九歲時的「從前和今我」，已是名滿海內外的
「知識人」了。（2022-05-30）

第二部分
筆記張道藩文藝政策

張道藩為王蓉子詩集〈青鳥序〉

　　1953 年 11 月 5 日，《中央日報》登載，張道藩先生
為王蓉子女士詩集《青鳥》所寫的〈青鳥序〉。序文的開
始是這樣寫的：

> 中國女子的寫詩，自唐代以來，日漸繁榮。雖然能
> 夠卓然成為大家的，寥寥可數；可是因為她們天性
> 柔和，多愁善感，想像細密而工於言情，致無論狀
> 述身世或抒發胸臆，均常能表現女性生活的真實面
> 貌，流露出女性靈魂的隱密，而為男子們所描寫的
> 女性作品所不及。五四以後，中國女作家寫詩的人
> 很少，大抵向散文和小說方面求發展，因為散文和
> 小說寫作較有路線可循，新詩排斥了傳統的舊形式
> 格律後，一無依傍。
>
> 要想寫新詩，必須去探尋摸索新的創作法則。創造
> 新詞、新句、新意、新境容易，創造新形式新格律
> 很難。過去各民族的史詩上，每一種新體的創造，
> 不知費了多少人的心血，經過多少次的改正，才得
> 成立。而那些所謂新體，又往往是從一種或兩種以
> 上的舊體中嬗蛻或鎔鑄而來的，新陳代謝中，演變
> 之跡，依稀可尋。

我們現在寫新詩，一無依傍，憑空創造，所以感到
成功的艱難。同時，現代人社會生活的複雜緊張，
現代人精神生活的深邃幽遠，使詩歌所表現的新事
物太多，所表現的新境界太大，而要求於新詩的新
形式新風格的多樣性與複雜性也殷切。創造一種形
式，一種風格，已非一朝一夕之事，何況還要創造
多種形式與風格？這是五四以來新詩成就不大的主
要原因，也是細心謹慎的女作家們不肯寫作新詩的
主要原因。

張道藩的序文，接著針對王蓉子的《青鳥》詩集寫
到：

青年詩人王蓉子女士，近以她新詩《青鳥集》見
示，他說即將付印，要我寫一點意見。我除了寫了
上面一點感想外，對於她的新詩，很感到欽佩，認
為不僅她膽量大，敢於寫作新詩，而且天才很高，
前途無量。
第一、全集四十一首詩，差不多首首的形式都很美
好，簡潔，明淨而完整，沒有枯瘠、偏畸，冗贅的
毛病。我認為集中的短詩，如〈青鳥〉、〈寂寞的
歌〉、〈為尋找一顆星〉、〈三光〉、〈青春〉、
〈笑〉、〈小舟〉、〈平凡的願望〉、〈燕〉等首

的形式，尤為成功。

第二、作者是耶穌教的信仰者，據後記所述，受古希伯來詩歌的影響很深。所以詩中所表現的情感與境界，常常令人起莊嚴、虔誠的感覺。至歌詠青春、讚頌人生，每多富智慧與啟示。如〈青鳥〉、〈三光〉、〈青春〉、〈小舟〉、〈生命〉諸首。有些抒發潛隱的情感，神秘性很濃，如〈貧瘠〉、〈落〉、〈都是一樣〉等三首。有反共的戰鬥意識的，如〈豈能〉、〈旗〉。〈鄉愁〉則流於感傷。

第三、集中大部為抒情詩，與一般男性的抒情詩異樣：流露出女性的尊嚴，表現一種獨立不倚與沉默奮鬥的人生。如：〈我有一顆明珠〉、〈五月〉、〈楫〉、〈愛情〉、〈為什麼向我索取形像〉、〈不願〉等首，風格亦很特殊。

第四、作者的語言很別緻，看似生澀，卻潛藏著冷峭與活潑的旋律，如〈寂寞的歌〉：走進無垠的沙漠了——／濛濛的黃沙打溼我衣袂，／駱駝的腳步是那樣緩慢啊！／我的心因淒涼而戰慄。／但我也催不快胯下的牲口，／須耐牠一步步走盡！／那麼——／讓我唱起一隻寂寞的歌，／將無垠的沙漠劃破。像這樣的例子，集中很多。這是受希伯來詩的影響。至於受中國古詩影響的較少，似乎祇有〈燕〉、〈風雨〉、〈菊〉等幾首。

最後，張道藩在序中特別鼓勵，作者年紀很輕，已有如此成就，殊屬難得，希望作者好好發揮文學的天才，努力於新詩的創造，成為傑出的女詩人。

1950 年 3 月 1 日，蔣介石復行視事總統職權。4月，張道藩受命成立「中華文藝獎金委員會」，出任主任委員。5 月 4 日，又與陳紀瀅、蔣經國、張其昀、馬星野、程天放、鄧文儀、趙友培等一百五十餘人的發起成立了「中國文藝協會」，張道藩擔任常務理事，與陳紀瀅等人開始執行國民黨政府的文藝政策，和積極推動各項的文藝活動。

我檢視了張道藩於 1953 年的為作者王蓉子寫序文時間，和對照作者於 1955 年與詩人羅門結婚之後，其夫婦都在「藍星詩社」扮演著重要幹部與詩人的角色。2019 年 4 月底，蓉子離開她已經居住了 70 年的臺灣，回到她的大陸老家。兩年之後，以享百歲的高齡過世，正如她的詩〈只要我們有根〉：

> 在寒冷的冬天　惡劣的氣候裏／翠綠的葉子片片枯萎／正似溫馨的友情一一離去／我親愛的手足　不要傷悲／縱使葉子們都落盡／最後就剩了我們自己——／那光潔的樹身　仍舊吾人擁有最真實的存在——只要我們有根／只要我們有根／縱然沒有一片葉子遮身／仍舊是一株頂天立地的樹／就讓我們

調整那立姿／在風雨裏站得更穩／堅忍地度過這凜冽寒冬／是的，只要我們有根／明春　明春來時／我們又會枝繁葉茂　宛如新生。

蓉子的大作《青鳥集》，被視為戰後第一本女詩人專集，也因此被譽為「永遠的青鳥」，更是 1950 年代國民政府戒嚴時期戰鬥文藝運動的重要旗手。

張道藩除為該書寫序文之外，他同時為另一位女作家潘人木女士的長篇小說《蓮漪表妹》寫序，並收錄在張道藩【傳記文學版】《酸甜苦辣的回味》的一書中。潘人木的作品〈如夢記〉於 1951 年榮賀「中華文藝獎金委員會」徵文第一名，而後來的《蓮漪表妹》並成為文學經典。（2022-06-13）

歡迎李承晚總統

1953 年 10 月 8 日與 11 月 29 日，《臺灣新生報》分別刊出張道藩在「反對印軍屠殺義士大會」中的演說，與在「我民意代表歡迎李承晚總統」致歡迎詞。這兩篇文字，其主要內容都涉及與 1950 年 6 月 25 日，在朝鮮半島所爆發的韓戰有關。

第一篇是張道藩在「反對印軍屠殺義士大會」中的演說全文，該報刊載：

> 我們今天這個大會，是為了反對印度軍隊屠殺我們在韓國的反共義士而舉行的，大家都知道，韓戰停止以後，我們有一萬四五千個反共的義士在韓國，這些反共義士，他們都是大陸上優秀的青年和善良的同胞，當他們在朱毛匪幫控制之下求生不得求死不能的時候，匪幫強迫他們到韓國去和聯合國軍隊作戰，他們也只好參加。
>
> 但是他們早就下了決心，準備一到前線就向聯合國軍隊投降，希望透過這種方法，能夠來到自由中國來參加我們反共抗俄收復大陸拯救同胞的偉大工作，結果他們投降的目的是達到了，韓境停戰的時候他們卻沒有得到自由。因為中共奸匪硬說：如果

經過說服工作他們還會回到匪幫那邊去的，所以聯軍在停戰協定裡面規定了要送他們到中立區去，讓匪幫對他們有一次解釋的機會。

張道藩在大會中繼續說：

這些在韓國的反共義士，他們到了中立區，是由印度代表所主持的所謂「中立國遣返委員會」和印度軍隊所管制的。依照停戰協定中立國遣返委員會對於這些反共義士是不能夠用武力脅迫他們回到匪幫那邊去的。到解釋的時候也不能強迫他們參加解釋會議，更不能使用個別解釋或重複解釋的辦法，以免他們受共匪威脅。可是他們到了中立區以後，所謂「中立國遣返委員會」就違背了停戰協定，散發了一張「告戰俘書」給他們。

這封信完全是偏袒共匪引誘威逼他們回到共匪那邊去的。接著又訂了一個「解釋規則」，裡面規定，所有不願遣返的戰俘都要參加匪幫的解釋會議，而且必須接受個別談話和重複解釋。這都是完全違反停戰協定的。我們中國和韓國的反共義士們，當然知道這其中的陰謀，當然是一致反對的，因此，管制他們的野蠻的印度軍隊開始對他們屠殺了。……我們要求趕快的無條件恢復反共義士的自由！我們

大家熱烈的歡迎中國反共義士到自由中國來！

第二篇是張道藩在我國國民大會代表及立監兩院委員舉行聯合歡迎會，歡迎大韓民國李承晚總統，他以立法院院長的身份代表致歡迎詞，盛譽李總統大無畏的革命精神，和偉大人格。並強調「我們中韓兩大民族，此後一定能在兩位元首——蔣總統和李總統——的賢明領導之下，加強團結，合作互助，致力於反共抗俄的偉大事業。在不久的將來，不但能使中國大陸，國土重光，人民得救，大韓民國獲得統一自由，同時也定可消弭赤禍，奠定世界的真正和平。

張道藩先生是在 1952 年 2 月正式接任立法院院長，直到 1961 年 2 月請辭。檢視 1953 年 10 月和 11 月，上述報紙刊載他發表的這兩篇文字內容，可以幫助我們對於韓戰之後，整個東亞，包括印度、朝鮮半島，和兩岸關係的情勢，特別是美國參戰的角色，讓當時已經岌岌可危的中華民國政權，得以在臺灣重新穩定下來。

史上常謂：有了韓戰先前在政治上穩住了中華民國的生存；才有了越戰後來在經濟上活絡了中華民國的發展。韓戰和越戰的戰爭情勢發展，都與美國參戰有非常密切的關係，這似乎讓我們更容易聯想到，張道藩院長在他這些充滿「自由」、「反共」，乃至於「民主」的用語，在他那個年代所含有的深層意義來。（2022-06-20）

訪日團長的四篇重要演講辭

　　1956 年 4 月 29 日，《中央日報》刊出，中華民國日本親善訪問團在日十天，擔任代表團長的是當時立法院長張道藩先生。在該團的訪問過程中，身兼團長的張道藩有重要四篇的演講辭，該報特別刊登其所摘錄的大要內容。頃我再從中擇其扼要文字如下：

　　第一篇是在參眾兩院議長午宴上演詞，先由眾院議長益谷秀次致歡迎詞，再由張道藩團長演詞的概述：本團同人大部分為立監委員，其餘各位過去亦多奉職議壇，今日承貴國兩院議長招宴，不啻由一個議會走到另一個議會，實感無限親切。貴國十年來最輝煌之成就，除工業復興外，時為政治建設，亦即由諸君領導的民主憲政下議會制度之建立，此實為貴國歷史之新頁，本人謹代表本團同人，首先致其欽佩之意。同時松野鶴平先生新當選參院議長，尤足欣賞。

　　同人離國之前，堀內大使在送行筵席上曾以對貴國再認識之意見教，吾人深知日本已非 1937 年前之日本，惟本人願敬為諸先生告者，即中華民國亦非 1937 年前在大陸時之中華民國，日本一切均有長

足進步，而敝國在蔣總統領導下亦有很大進步，在若干方面，自信且益增強。兩國誠能進一步在新的基礎上重新認識，互相了解，密切合作，屹立於世界自由民主之陣營，為爭取自由和平而努力，敢信必能對亞洲前途有所貢獻。

就兩國近百年來國交歷史言，兩國合則兩利，離則兩傷，自甲午迄今之歷史，實提供吾人深刻慘痛之教訓，兩國政府國民，尤其政治家們必須痛定思痛，高瞻遠矚，為亞洲及兩國前途，負責謀長治久安之計。

第二篇是在自由民主黨歡迎午宴上演詞，先由自由民主黨幹事長岸信介代表致歡迎詞，再由張道藩團長演講辭的概述：

以吾人所知，自由民主黨就其組織份子言，實即貴國保守政黨之大成。日本保守黨歷史人物中如犬養木堂先生，如古島一雄先生皆與中華民國國父孫中山先生為友好，對中國國民黨所冷島之中國前期革命事業，均曾為同情積極的支援。敝國蔣總統繼承國父遺志，領導國民革命，與犬養毅諸公淵源有自，友誼亦即深摯。

就目前的意義來說，即切望貴國在此共產邪惡勢力

蔓延肆虐的亞洲，做自由民主之中流砥柱。當前吾人之道路，只有兩條，一為共產極權路線，一為自由民主路線，二者必擇其一，絕無他途可循。本人以為如果貴國能為自由民主之干城，堅定不移，亞洲及世界一切自由民主之國家與人民，皆將與貴國緊密地站在一起，中國有一古訓謂「德不孤必有鄰」，即為此意。

第三篇是在首相鳩山歡迎宴上的演講辭概述：

本人前在椿山莊貴黨招待宴席上，曾言貴國保守合同之結果，在貴國政治上產生一種安定力量，對中日兩國及亞洲自由和平前途均有貢獻，而首相鳩山先生，即為構成此安定力量之自由民主黨的總裁，本人當於此致其敬佩。吾人猶憶鳩山首相過去曾一度因反共而遭受打擊，同時自由民主黨最近所採政策如限制人民前往大陸之舉，甚屬明智，吾人並於此表示敬意。

同時吾人並願奉告，蘇俄及其傀儡中共為政權近年來所作之笑臉外交，其中實隱藏強烈之毒素。吾人以為彼等如以窮凶極惡之本來面目與世人相見，殊不可怕，若以另一偽裝之美貌示人，則不可不對之提高警覺。貴國松岡洋右先生與史達林之熱烈擁抱

不久，蘇俄即於 1945 年太平洋戰爭末期，乘貴國之危急而突然出兵襲擊，此一史實吾人記憶猶新。本人今日中午曾告貴國學術文化界諸君，無自由中國，即無自由亞洲，無自由日本，亦即無自由亞洲，無自由亞洲，當然無自由世界。如使中國大陸長在共產黨鐵幕之中，本人敢言一切自由和平均談不到，而貴國之安全繁榮，自更難期望。

第四篇是在社會民主黨右翼領袖西尾歡迎會上的演講辭概述：

本日承西尾先生招待，甚為感謝。余及本團同人，曾於去（1955）年八月西尾先生訪臺之際得識先生風采。由於西尾先生服膺社會主義，對於建國的理想，正與中山先生手創的三民主義相同，所以當年蔣總統與西尾先生初次見面時，及了解西尾先生的抱負，一見如故。其後西尾先生基於中日應當和平共存的信念，向日本當局極力主張兩國親善，並以蔣總統「敵乎？友乎？」一書之內容向日本人民介紹，可惜西尾的主張，未能為當時執政者所接納，真是中日兩國的不幸，也是亞洲的不幸。
社會主義政黨是共產黨最大的敵人，因為他可以消弭共產主義，但也是共產黨滲透利用的對象。共產

黨往日利用人民陣線及聯合政府的方式，來吞噬社
會主義政黨，達到奪取政權的目的。第二世界大戰
以後，東歐國家，如捷克等，便是這樣淪亡的。現
在蘇俄及中共，已向亞非國家伸出魔掌。利用亞非
個民族獨立解放的機會，向社會主義政黨施以滲透
誘惑分化兼併種種陰謀。這種移花接木的手段，社
會主義政黨最需要警惕。

吾人樂見日本社會主義黨左右派統一之成功，更樂
聞貴黨人士對於日本共產黨所採取戒懼的態度，但
是如果只是國內反共，國外聯共，結果必致引狼入
室，這一點希望日本社會黨人士能夠加以注意。西
尾先生對於中日親善關係及亞洲的前途，有很高的
理想。吾人希望西尾先生成功，使西尾先生的抱
負，得以實施。

閱讀了當年立法院長張道藩率團訪問日本，在日本參
眾議兩院、執政黨自民黨、首相鳩山和在野社會黨西尾，
乃至於學術文化界等餐會中，其所發表四篇演講辭的內
容，再對照當前俄羅斯發兵攻打烏克蘭的戰爭，和複雜國
際局勢的發展，讓我們不得不回到 1950 年代冷戰初期的
兩極對立，是以美國為首自由民主，和以蘇聯為首共產獨
裁的兩大陣營，我們似乎已可以隱約見到這情勢發展的重
現。

迄今（2022）的所謂「共產獨裁」體制已經產生了
質變，如中國大陸已經轉型有「中國特色的社會主義」，
正如我們也自稱有「臺灣特色資本主義」。然而，這兩種
體制亦有漸漸趨於一致的現象。中華民國處在這詭譎多變
的政經環境中，臺灣又當如何自處與因應呢？當政者能不
多為蒼生念乎？（2022-06-27）

《自由中國》雜誌「荒謬的建議」

1958 年 4 月 8 日，《中央日報》登載：「荒謬的建議」——張道藩在中央紀念週報告」。其內容是立法院長張道藩以從政黨員身分於 7 日上午 9 時，應邀於中國國民黨中央所屬各機關從政黨員在中山堂舉行「中央紀念週」的報告。

這次「中央紀念週」出席同志二千餘人，由中央評議委員徐永昌擔任主席，中央常務委員張道藩報告，題為「荒謬的建議」。現在我將該篇主要針對《自由中國》雜誌內容所提出的批評擇要如下：

> 我們為了實現中美兩國共同努力反共的目標，和美國簽訂《中美共同防禦條約》。我們從來沒有絲毫的意思像別有用心的人們所說：「向對方承允其有條件干涉內政」。
>
> 《自由中國》半月刊在三月十六日一期〈中國人看美國的遠東政策〉社論裏，就有這樣荒謬的言論！我不知道他們之所謂「中國人」是甚麼樣的「中國人」？這篇社論的小題是：「對美國遠東使節的臺北會議提供幾點坦率的建議。」它的建議是要求美國對於東南亞接受美援國家的內政「必須堅持某項

基本原則之類的干涉」，它並且武斷地說：「那我
們相信東南亞各國沒有一國的人民會反對這種干
涉。」

中華民國是接受美援的東南亞國家之一，當然是在
他們建議美國干涉內政之列。別的東南亞接受美援
國家對這種可恥的建議做何感想，是贊成它呢？或
是鄙視它呢？我們現在暫且不說。我不知道主辦
《自由中國》半月刊的人們依據甚麼而斷定中華民
國的人民不會反對美國干涉我們的內政？

這個建議提出之後，向來主張不干涉他國內政的美
國，和我們一樣尊重聯合國憲章的美國，並無絲毫
反應，美國出席臺北會議的使節們，雖然在他們會
議席上看到這一可恥建議的文字，也一笑置之。已
經使他們夠丟臉了！三星期以來，國內、國外，許
多報紙、雜誌，對這種可恥的建議，做了種種嚴厲
的斥責和批評。

有的說那是一種「不可思議的建議」。有的說那種
言論「誤入歧途」。有的說那是一種「有陰謀的言
論」。有的說「要求他國干涉內政是荒謬的」。有
的說那是「賣國的言論」。有的說那是一種「為親
者痛，仇者快的怪論，正好供給共匪作造謠的資
料」。有的希望他們「勿蹈民盟的覆轍」。有的喚
起他們認清「主權完整與平等的原則」。有的專論

「干涉與民主」指出他們建議他國干涉內政的錯誤。有的懷疑說「言論自由能自由到這種程度嗎？」祇就上面所舉這些維護國家獨立自由平等的輿論表現，就足夠證明他們所說「沒有一國的人民會反對這種干涉」的話，是極端武斷，荒謬的了。由此也可以證明那種可恥的建議，不過是代表該一社論作者個人的主張。充其量也祇代表主辦《自由中國》半月刊那種少數幾個人的主張。凡是真正具有自尊心的中國人，凡是知道求中國獨立自由平等的中國人，凡是認清我們憲法上有關外交一條規定中的中國人，凡事不願意任何國家干涉我們的內政而使中華民國淪為援助國家附庸的中國人，都會毫無考慮的反對那種可恥的建議。

在《自由中國》半月刊四月一日一期「反共冷戰中的政治力量與現代的主權觀念」的社論裏，一方面他們輕描淡寫的承認要求美國干涉東南亞受援國家內政的社論裏文字上有三兩處稍欠修整的地方。（他們所作美國干涉美援國家內政的建議如果不改變，那就不是文字欠修整與否的問題。）另一方面卻硬要找出牽強的理由和例子來強辯。這更是使人萬分失望的。

他們把中美共同防禦條約第三條所說：「締約國家允加強其自由制度，彼此合作，以發展其經濟進步

與社會福利，並為達到此目的，而增強其個別與集體的努力」的條文，認為是完全涉及內政的。他們認為「從文字上看締約國彼此是平等的，但在實質上的意義是締約國的一方向另一方允加強其自由制度，也即是在內政方面接受了一個約束」。因為他們作這樣的解釋，所以他們武斷的說：「又何嘗不是向對方承允其有條件的干涉內政呢？」他們更進一步的說，受到這種干涉內政的國家，並不是喪失主權。

更奇特的說：「如果憲政國的政府在施政上違反了憲法的明文規定，或憲法所涵蘊的精神，因而受到外來干涉，這種事，與其說是侵犯了這一國的主權，倒不如說是維護了這一國的主權」。他們這樣的強辯，我們還有甚麼話好說！這使我懷疑作這種主張的人，不是心死了，就是著了希望他國干涉內政的魔！

主辦《自由中國》半月刊的人們，開口民主、閉口自由，好像中華民國根本沒有民主自由。好像除了他們而外，任何中國人都不懂得民主自由，他們如果客觀一點，至少也要承認這種看法和說法是過分武斷的違心之論了。我現在只舉「言論自由」一點來作說明，如果中華民國沒有言論自由，也就不會允許建議外國干涉內政的刊物──像《自由中國》

半月刊那種刊物——還有出版的自由。我誠懇的希
望享受了言論和出版自由的《自由中國》半月刊，
珍貴這種自由，善於享用這種自由。不可以再用
「反攻無望」和「要求他國干涉內政」等等荒謬建
議和言論，來傷害我們的民心士氣，來摧毀我們民
族的自尊，來危害我們國家的主權。

他們應該知道，中華民國不只是他們極少數好作荒
謬主張人們的中華民國，而是所有忠貞同胞的中華
民國。他們既知道談民主，就應知道對多數中國人
的意見是不可抹煞的，不可以應把他們少數人的意
見企圖代表所有中華民國忠貞同胞的意見。他們不
在乎國家的內政受干涉，所有具有民族自尊心和獨
立人格的忠貞同胞是在乎的。他們認為內政受到干
涉，還不是喪失國家主權，所有忠貞的同胞卻認為
內政受到了干涉就是喪失國家主權的。他們相信
「東南亞各國沒有一國的人民會反對這種干涉」，
我卻要告訴他們，中華民國的人民就是反對這種干
涉的。

　　張道藩院長在該報告的最後特別強調，各位同志，我
們要遵奉總理遺囑，力求獲得中國之自由平等，我們要擁
護依據總理遺教所制定的我國憲法來維護我國的主權。我
們對於要求外國干涉內政一類的建議不特絕對不能同意，

而且要喚起全國忠貞同胞的注意，不要受這種可恥建議的任何影響的。

以張道藩是立法院長，在中國國民黨中央總理紀念週的大會上公開批評和檢討《自由中國》半月刊社論所發表的不當言論，1960 年 9 月 1 日起《自由中國》雜誌之所以會被停刊也就有脈絡可循了。（2022-07-01）

所謂「臺灣國際化」謬論

1958 年 12 月 13 日，《民族晚報》登載，張道藩院長是在一項談話中駁斥杜魯門及艾德禮對「臺灣國際化」的謬論主張，特別對《美聯社》記者發表談話，內容如下：

（1958）十一月三十日，杜魯門先生和艾德禮先生在哥倫比亞廣播公司所舉辦的「小天地」電視節目中，提出了所謂臺灣國際化的主張。簡短的新聞報導，沒有詳細記載兩位先生言論的內容。很難對這篇電視談話做進一步的研究。不過，在今天的國際局勢中，此種荒謬可笑的論調，實使自由世界太感驚異了。

首先使人大惑不解的，就是他們所謂國際化的涵義。他們所謂國際化，究竟是指國際共管，聯合管理，或數國共管，還是只國際聯盟時代的「委任統治」或聯合國憲章上的「託管」，凡稍具國際法或國際關係常識的人，必能認定：照臺灣的歷史、政治及法律地位而言，無論上述那一種「國際化」是無法強加到臺灣的。臺灣是中國領土的一部分，六十餘年前的《馬關條約》，中國雖因戰敗而將臺灣

一度割讓予日本，但是第二次世界大戰的結果，中國已將臺灣收回。

這是《開羅宣言》及《波茨坦宣言》所一再確定而保證的，何況根據聯合國憲章第七十八條的規定：「凡領土已成為聯合國之會員國者，不適用託管制度」。所以，無論從哪一種角度和場合來看，臺灣是中華民國領土之一部分，臺灣是不能「國際化」的，如果任何人想把任何方式的國際化強加於臺灣，我們是要採取一切行動加以堅決抵抗。兩位先生今以和緩遠東局勢為藉口，提出所謂臺灣國際化的問題，他們的用心是不可測嗎？他們的愚昧是不可救藥嗎？二者必居其一，我們實不忍於此作進一步的窮追。

兩位先生提出這種荒謬的主張，究竟是甚麼政治考慮？他們都是喜歡倡導國際化的人，他們曾經主張蘇伊士運河國際化，巴拿馬運河國際化，甚至南極洲北極洲的國際化。總之，凡可以引起國際糾紛的地區，他們認為一經國際化便可以安然無事。……我更於此為兩位先生進一解，在俄帝及中共匪幫心目中，今天天下一切動亂，不都是導源於所謂「美帝國主義」嗎？兩位先生如果欲取悅共產黨，如果兩位先生要弭天下之亂，一乾二脆的辦法，應該提出主張，使共產黨心目中之大敵美國，也使國際

化，豈不一乾而淨，一了百了，共產黨征服世界的
野心，所以未能實現，便是坐困於中美兩國的精神
與軍事力量，若照兩位先生的主張，把臺灣國際
化，是無異扼殺了中華民國，使遠東反共的堡壘首
先摧毀，這是共產黨所日夜企求而不得的，兩位先
生一言喪邦，開口發言時曾否夢見這樣嚴重的後果
嗎！

一位退休的政治家，一旦離開叢脞的繁劇，正好清
醒自省，回首過去當政時的政策措施，利害得失清
醒檢討，由此而發為言論，啟迪當世與未來，以共
近於太平郅治，這正是政治家補過贖罪的最後機
會，兩位先生過去均各自受著本國人民付託之重，
世界物望所歸，高年引退，餘生幾何！他們今天不
替自由世界西方文明，鼓舞反共剋敵之決心與勇
氣，使英語民族文明重整學風，時乎時乎不再來，
今天不再努力，尚待何時！

中華民國之復興重返大陸，這是中國海內外人民共
同堅決之自信，客觀形勢必然之結果，不適任何人
言論或計劃所能動搖，兩位先生言論之自墮聲華。
我所惋惜的，是兩位先生在歷史上的地位與英語民
族文明的盛衰，與中華民國之屹立及復興，絲毫是
不能發生影響的。

去（1957）年的聯合國大會主席孟羅就匈牙利局

勢的發展直接向會員國家或向聯合國大會本身提出
報告，蘇俄軍隊曾於 1956 年從事猛烈的干預以壓
平匈牙利爭取自由的革命。對於匈牙利人民的基本
權利及他們表明政治意見的自由，在蘇俄武裝部隊
繼續出現的陰影之下繼續受到壓制，表示感到遺
憾。

一位是曾任美國總統杜魯門（Harry S. Truman,
1884-1972），和一位是曾任英國首相艾德禮
（Richard Attlee, 1883-1967），這兩位先生都是
在已經卸任政治要職之後才一起提出來這所謂「臺
灣國際化」議題，被我國立法院張道藩院長嚴詞駁
斥，認為其是「凡可以引起國際糾紛的地區，他們
認為一經國際化便可以安然無事」的謬論。

1958 年 8 月 23 日，兩岸爆發了「八二三炮戰」，這
兩位先生在這時間點的之後 3 個月，提出所謂「臺灣國際
化」議題，讓我們不禁要對照想起近日來，中國大陸對外
宣稱「臺灣海峽是內海」，美國則宣稱「臺灣海峽是國際
公海」的爭論性議題來。（2022-07-04）

質詢吳國楨的對國家不利之言論（一）

1954 年 1 月 27 日，《工商日報》登載：立法院新聞室發表 26 日立法院第十三會期第五次會議時立法院長張道藩以委員地位提出質詢。其內容大要：

> 我（張道藩）今天要質詢的一件事，是因為本院質詢了五天以來還沒有人質詢過，所以我才質詢，我想，如果各位已經知道這件事情的事實，必定有許多人會質詢，那我又可以偷懶了。引起我忍無可忍不能不質詢事實如下：
>
> 二月七日，前任臺灣省政府主席現任行政院政務委員吳國楨，在美國芝加哥 MGN 電視傳真臺發表談話說，他離開臺灣是為了「健康」和「政治」兩個原因。他說，「因為他主張臺灣民主化，而別人則認為反共須用共產黨手段」等語。二月十六日吳國楨又在他芝加哥寓所接受《合眾社》記者，發表他的所謂「政見」如下：
>
> 一、在目前環境之下，我（他）不願回臺灣，因為我（他）認為現在中國政治情形與我（他）當初和政府發生爭論時並無改變。
>
> 二、我（他）現在仍為行政院政務委員，但曾五次

提出辭呈,未獲照准。

三、他說明他與政府爭執之點,為他主張光復大陸必須做到下列各點:甲、爭取臺灣人民的全力支持;乙、爭取海外僑胞的全力支持;丙、爭取自由國家尤其美國之同情與支持。但是除非吾人能在現行統治地區內實施民主,(否)則上述諸點皆無法做到,然而不幸的若干人士竟認為與共產主義作戰,必須採取共產主義的方法。

四、他說,他深信目前的政府過於專權等語。因此,紐約世界電訊《太陽報》及其同一系列的許多報紙,都根據吳國楨的談話對中華民國有極不利的評論。

在吳國楨尚未辭去政務委員以前,我願意請行政院陳(誠)院長轉知吳國楨,答覆下列各點:

一、他說,「除非吾人能在現行統治地區內實施民主」,請他答覆我們,今天在自由中國所行的不是民主是甚麼?

二、他又說,「不幸若干人士竟認為與共產主義作戰,必須採取共產主義的方法」,他所謂「若干人」是何等人,請他指出姓名,並說明究竟有若干人,同時舉出採共產主義方法的事實。

三、他深信目前的政府過於「專權」,他之所謂「專權」做何解釋?

四、他說，「除非實施民主，否則就不能爭取臺灣
人民及海外僑胞之全力支持，也不能爭取自由國家
尤其美國之同情與支持」，他有何種事實證明我們
政府不爭取臺灣人民及海外僑胞？他有何種事實證
明臺灣人民海外僑胞對我們政府不全力支持？他更
有何種事實證明我們政府不爭取自由國家和不爭取
美國之同情與支持？他更有何種事實證明美國對自
由中國不同情與支持？我希望行政院能夠替本席迅
速取得吳政務委員國楨的答覆。

張道藩繼續質詢：

諸位官長，你們大家都知道我和吳國楨是南開中學
時代的老同學，三十多年以來，他和我之間雖然說
不上至交，但可以說是老朋友。多年以來，他無求
於我，我也無求於他，他有他的聰明能幹之處，國
家沒有多少人才，我們應該推重他的地方就推重
他，他有小錯能寬容就寬容他，但是如今他反動
了，他錯了，我就絕對不能寬容他，當然顧不得私
交了。

比方他卅八年（1949）他任上海市長時，徐蚌會
戰一失利，他就要求辭職，不准他辭他就不去辦
公，最後政府沒有法子，只好准他辭職，而以他人

113

代理，這一事實，是許多人都對他看不起的，因為他那一次在公事上雖說已經獲准辭職，其實是「要挾」「哀求」得到的，事實上等於「臨陣逃脫」。他到了臺灣，在總統沒有視事（1950 年 3 月）以前，誰不知道他那失敗主義的言論，儘管他等於「臨陣逃脫」離開上海市政府來到臺灣，國家對他仍然優容，並且重用他為臺灣省政府的主席，國家對他不謂不厚。

他在臺灣時常於言談之間，表示好像自由中國只有他一個人懂得民主政治，只有他一個人能過民主生活，實際上，他只知道用一些小恩小惠討好一部份民眾，對於臺灣的根本大計，如「耕者有其田」的政策，他常常於言談之間，根本表示反對，其他應改革的許多大事，他多半都是如此態度。他之善於作表面工作，善於討好友邦人士，是常為識者所竊笑，而他自己卻自鳴得意的。

他為什麼最近在美國會這樣過於反動狂妄，我們尚難猜透，如果他想借此討好一部分對中華民國有成見的人，希望那些人扶植他為中國第四勢力的領袖（因扶植第三勢力已經失（敗）了），那我們還說甚麼呢？我們只好等等看他究竟是如何的民主，臺灣人民海外僑胞是如何的全力支持他，自由國家和美國又是如何同情和支持他，但是我總希望對本院

負責的行政院長，對吳政務委員國楨的言行要切實
注意了。我今天的質詢，雖然只是我自己一個人的
意思，但是我想，許多同仁許多民眾對於這一位口
頭禪的民主政策所發表危害國家的言論，是人同此
心，心同此理，而萬分憤怒的。（2022-07-06）

質詢吳國楨的對國家不利之言論（二）

　　1954 年 3 月 5 日，《中央日報》登載，立法委員張
道藩昨（4）日強而有力的指責政務委員、前上海市長及
臺省主席吳國楨擅離職守、拒辦移交，私自濫發鈔票，拋
空糧食，並在外匯、貿易、林產等問題的處理上，非法亂
紀，專擅操縱，有意的包庇貪汙，營私舞弊，這位三十年
前被指責者的同級學友說：「我將要在立法院繼續要求行
政院把有關吳國楨的許多事實公布出來。」

　　張道藩院長的這次記者會，是針對他上次在立院質詢
之後，接著吳國楨回應他的指責是說謊，又是以立法委員
身分所特別召開的。以下是招待會中，記者所提問題，和
張委員本人的答覆。我簡要筆記下了全文五則答問中的第
四則和第五則內容：

　　　第四則，記者問：吳（國禎）氏去職，既是省政上
　　問題，為什麼他要說他的去職，是為了「民主」與
　　「專權」的政見不同呢？張氏答：吳國楨是要以政
　　見不同，來掩蔽他的違法失職。這是顯明的事情。
　　我要問他：不顧多數農民的利益，包庇少數土劣，
　　反對耕者有其田的政策，是不是民主？否則他為什
　　麼要在實施耕者有其田的前夕辭職？（關於他反對

耕者有其田的主張，是他親自告訴我的。）他不顧一般國民的利益，勾結少數奸商，無計畫私售黃金，尤其在他辭職的前夕，將政府五萬噸存糧私自拋售一空，使社會發生極大恐慌，經濟動盪不安的事實，凡在臺灣的中外人士都應該能回憶的。他自己是專斷的，他今天還說甚麼民主？他在省府主席任內，反對民主改革，他今天還建議甚麼民主改革？如果他真是要促進政府的改革，他曾經在政府任高級官吏多年，他隨時有機會提出建設性的建議。

各位都知道，凡是吳國楨參加的會議，大多數我也是參加的，在這些會議裏，我就不曾聽到過他有甚麼重要改革的建議。到了今天，他才利用「不民主」和「專權」等空洞名詞，來汙衊政府的聲譽，破壞國家的地位。他這種陳腔濫調，在實質上，只有幫助共匪來毀滅中華民國反共基地臺灣的政治和經濟安全的努力。

第五則，記者問：你（指張道藩）是不是知道他（指吳國楨）民國卅八年辦理上海市移交陳良的經過情形？張氏答：據我所知，吳國楨先任用陳良為秘書長，接著即稱病跑到杭州，並叫陳良代理市長，陳良要求他回上海負責，吳國楨竟不回去，乃命前任秘書長沈宗濂辦理移交，事實上沈宗濂並不

能移交甚麼，因為吳國楨並未將任何東西移交給沈
氏，因此我要再問行政院他移交的情形如何？我特
別要知道吳國楨叔岳父任總經理的上海市銀行，該
銀行的款項是否有一部分落入吳國楨的荷包？

最後該報登載張院長說：

我與吳氏為三十年的朋友，吳國楨今天還在說「團
結」，我看他並不存在絲毫「團結」的意思，可是
我仍然希望他能夠反省，如果他自己承認是中華民
國的一個國民，如果他不想自絕於國人，他就不應
該再有誣蔑政府，破壞自由中國，幫助中國的敵人
共黨匪徒的言行。（2022-07-07）

質詢吳國楨的對國家不利之言論（三）

　　1954 年 3 月 11 日，《臺灣新生報》登載，立法院長張道藩，正擬以立法委員身份，向行政院陳院長提出列舉十三項有關吳國楨罪惡滔天的一項書面質詢，並於 12 日舉行的立法院會議中，提請院會准予移送行政院陳院長，或以書面答覆，或以口頭答覆，均聽其便。

　　這篇登載雖與同日《中央日報》登載〈吳國楨致國大函原文〉的日期同一時間，但〈吳國楨致國大函原文〉的這篇文字，根據《中央日報》報導，吳國楨自美寄國民大會函一件，國民大會秘書處於昨（10）日晚將吳國楨來函印送各代表，可見張道藩準備向行政院陳院長提出列舉十三項有關吳國楨「罪惡滔天」的這項書面質詢，是發生在吳文致國民大會之後所採取的行動。以下我筆記了張氏書面質詢所列舉的十三項文字內容：

　　第一項，卅八年四月軍事緊急之際，上海市長吳國楨辭職經過實情如何？
　　第二項，一般人都認為吳國楨當時等於「臨陣逃脫」放棄職守，何以卅九年臺灣省政府改組竟又任吳為主席？據說，他當時曾毛遂自薦，並自己承認早離上海對不住國家，希望任他為臺灣省主席，必

能圖報國家以求補過，有無其事？

第三項，據說他在臺灣省主席任內，未經行政院核准私自濫發鈔票，行政院何時發現？先後私自擅發鈔票為數若干？

第四項，聞吳國楨在主席任內，對於外匯及貿易暗中操縱，於國家經濟危害甚大，請行政院查明詳情答覆。

第五項，臺灣林產問題，弊端甚多，聞吳國楨在林產方面上下其手，獲利甚多，行政院過去曾發現否？如尚未發現，請詳加調查答覆。

第六項，吳國楨任內主張拋售黃金，藉此圖利，為數甚大，請行政院將事實查明答覆？

第七項，據聞吳國楨於交代臺灣省主席職務之前，將五萬噸存糧拋售一空，一則與後認為難，一則造成經濟恐慌，社會不安之情勢，使民眾認為其不任主席，臺灣即無辦法，其拋售糧食之事實如何？

第八項，吳國楨長上海市政府時，派其叔岳丈黃國疇為上海市銀行總經理，於其辭職之前，另派朱慎薇接充，現黃、朱二人均在臺灣，究竟彼等對於上海市銀海之交代如何？請查詢明白答覆。

第九項，聞吳任上海市長時，上海市警察局調查之人口總數為五百九十餘萬，吳竟謊報六百卅萬人，而向中央請求配發六百卅萬人口所需之糧，是否有

此事實？如有，其每月所謊報約四十萬人之糧，就如何報銷？請查明答覆。

第十項，據聞吳國楨交代上海市政府市長職務於陳良將軍時，一切重要文件及帳冊均無交代，其事實如何？現陳良將軍在臺，請查明答覆。

第十一項，聞吳國楨將上海市政府之汽車數量，運至臺灣以後，以個人名人出售，得款自肥，聞現在中央信託局賀副局長所乘之汽車，即係吳所出售之上海市政府公產，有無其事，請查明答覆。

第十二項，吳國楨全家自滬邊臺時，運來大小行李九百七十餘件，據其家人對某友人說：「我連痰盂也不願留一個給共匪」，而其出國時，又攜走行李十大箱，曾要海關免予開箱檢查，故民間有吳之箱內，皆係黃金美鈔之傳說，此種事實，經過如何？請查明答覆。

第十三項，其他有關吳國楨包庇貪汙，營私舞弊，勾結奸商，謀取暴利之事實甚多，亦請一併查明答覆。如行政院對所問若干事件，須相當時間查明，方能答覆，則答覆時間，可由行政院決定。立法委員張道藩上。

　　張道藩以書面洋洋灑灑列舉十三項吳國楨「罪惡滔天」的四天之後，再加上國內外媒體的大肆報導與評論。

到了 3 月 17 日《臺灣新生報》刊出，總統昨頒佈命令吳國楨撤職查辦的這則新聞，原文如下：

據行政院呈：「本院政務委員吳國楨於去年五月藉病請假赴美，託故不歸，自本年二月以來，竟連續散播荒誕謠諑，多方詆譭政府，企圖謠亂國際視聽，破壞反攻復國大計，擬請予以撤職處分。另據各方報告，該原前在臺灣省政府主席任內多有違法與瀆職之處，自應一併依法查明究辦。請鑒核明令示遵」等情。

查該吳國楨歷任政府高級官員，負重要職責二十餘年，乃出國甫及數月即背叛國家誣衊政府，妄圖分化國軍，離間人民與政府及僑胞與祖國之關係，居心叵測，罪跡顯著，應即將所任行政院政務委員一職，予以撤免，以振綱紀。至所報該吳國楨前在臺灣省政府主席任內，違法與瀆職情事，並應依法徹查究辦。此令。（2022-07-11）

張道藩主義

當立法院長張道藩針對吳國楨在臺灣省政府主席任內，其所作所為向行政院陳提出嚴厲質詢之際，中國國民黨在大陸時期曾任北大教授、國民黨中央宣傳部副部長；來臺後，任國民黨中央黨部第四組主任、中央常務委員會委員和《中央日報》總主筆、董事長等要職的陶希聖，亦在各大媒體連續地發表相關的評論。

諸如：1954 年 3 月 9 日《聯合報》〈省議會查問吳案 —— 不查則已‧一查到底〉、14 日《臺灣新生報》〈從一點看全般 —— 吳國楨的「馬配炮」〉、4 月 5 日《臺灣新生報》〈麥加錫與張道藩〉、27 日《聯合報》〈對吳案要打到底〉、5 月 1 日《聯合報》〈答讀者的信〉等多篇文章。

我從中擇要筆記了這篇特別與張道藩有關，陶希聖發表於 4 月 5 日在《臺灣新生報》篇名〈麥加錫與張道藩〉的評論文字，其內容概要：

> 美國參議院常設小組主席麥加錫先生，以抨擊政府內共黨及同路人著名。參議員麥加錫的名望，僅次於總統艾森豪。一般人叫他這鐵面抨擊共黨和同路人的作風是「麥加錫主義」。……我們中國立法院

也有一個鐵面的漢子。他雖人被譽為立法院院長，但在我們憲法和立法院組織法及議事規則上，並沒有剝奪院長以立法委員資格所享有的發言權。張道藩終於「鐵面無私」的發言了。

陶希聖文內又指出張道藩先生說：

凡事以國家為敵的人，都是他的敵人。凡是與國民為仇的人，都是他的仇人。他這次發言，便是為了吳國楨，向行政院提出質詢。他的質詢就是有名的十三點——吳國楨以前在上海市長和臺灣省主席任內違法失職舞弊營私的十三點。……張道藩沒有麥加錫那麼的冒險，卻是有麥加錫那樣的堅決，張道藩更是鐵面無私。如果「麥加錫主義」這一名詞還有幾分不大穩妥的意思在內的話，我以為「張道藩主義」這一名詞的含意就是剛健，堅決，勇猛和正義。也許有人要問：「張道藩先生為什麼不把吳案的證據公布出來，訴諸國民的公判」。

陶希聖文內的答覆是這樣的：

一、立法委員的質詢，是有材料作根據的。但是負有搜集證據來辦理的機關是行政院、監察院和法

院。二、行政院是根據事實，下令撤吳國楨政務委員的職，這是行政處分。監察院蒐集材料，對吳案提出糾舉或彈劾，這是監察權的行使。至於法院，就是偵查、起訴、公判和判決，這是司法權的範圍。立法委員只是向行政院提出質詢。他不能進一步彈劾，也不能進一步審理。在一個五權分立主義的憲法上，立法與行政、立法與監察、立法與司法，各有其職權，不能逾越範圍。在一個民主法治國家裡，立法院提出質詢之後，案件便進入行政、監察與司法的方面。一般人儘可能冷靜地看著行政院、監察院和司法機關怎樣辦。

陶希聖最後寫道：

我寫這篇文章，是表示我對於中國麥加錫的敬意。但是我的意思並不止於這一點。我以為吳案當然要徹底查辦。尤其要在查辦吳案的時候，更進一步剔除弊端，要飭吏治。吳國楨為什麼省主席去職就要出國，出國就要反叛？這一問題的焦點就是他做省主席的時期，一手製造弊端，並且一手掌握弊端。當他主持省政府時，他能夠掩蔽這些弊端。到了他去職以後，這些弊端必然發作。所以他趕快出國，趕快造反，希望以叛國來轉移中外人士對於他違法

125

舞弊的視線。

今日行政院對他的叛國，已給予撤職的行政處分。這就夠了。我們要求監察院與司法機關追究他違法舞弊各案，同時也要求行政院趁這一時機，幫助省政當局清查弊端，整飭省政。我尤其希望張道藩先生再進一步發起和督促這一整飭省政的運動，使中國的麥加錫主義更加嚴正，更有積極的意義。希聖不才，願執鞭鐙。（2022-07-12）

王藍「哪裡無言論自由」

「吳國楨事件」的發生，最先公開發難，而且抨擊得最激烈評論的除了張道藩、陶希聖之外，當然還有許多報刊登載的社論與專論。其中社論部分諸如：1954 年 2 月 10 日《工商日報》〈從吳國楨啟事說起〉、3 月 1 日〈民主與團結——再談吳國楨事件〉、13 日〈再論吳國楨事件——就吳氏致國代函畧評〉，3 月 3 日《聯合報》〈「論吳國楨案」〉，7 日《臺灣新生報》〈吳國楨事件〉，9 日《中央通訊社》〈吳國楨函中央社嚇詐要挾‧曾虛白聲明嚴正駁斥〉，10 日《中央日報》〈吳案應究辦到底〉等。

專論部分諸如：1954 年 3 月 7 日《民族晚報》登載鈞鐸〈吳國楨變了！〉，3 月 16 日起至 4 月 20 日《臺灣新生報》登載厚安〈照妖鏡下吳國楨〉七篇、4 月 4 日哀鴻〈吳國楨其人其事〉、陳大齊〈國妖論〉等。在此之外，專論我特別選擇了身分特殊，本身除了有國大代表一職之外，兼有新聞媒體工作，特別是他亦是位作家，並且與張道藩、尹雪曼、王平陵、陳紀瀅、馬星野等人，於 1950 年發起成立「中國文藝協會」的王藍。

1954 年 3 月 17 日，《臺灣新生報》登載〈哪裡無言論自由‧誰見有擅捕記者‧國代王藍痛斥吳國楨〉的一則

報導《中央社訊》從事文藝創作與新工作多年的國大代表
王藍說：

> 吳國楨此次致函國大提出對政府所謂六項指責與建
> 議後，已引起海內外人士紛紛口誅筆伐，自無用本
> 人多佔報章篇幅，予以評論，惟迄今未發現針對吳
> 函稱「臺灣無新聞言論自由，並擅捕記者」一項誣
> 詞之駁斥。本人從事新聞工作頗久，實難緘默，極
> 願就本人親自看到與親身經歷之事實，來揭破吳之
> 陰謀，以正中外觀瞻。

該報指出，王代表首對新聞與言論方面談：

> 一、臺灣對當地出版之一切報章書刊，均不實施檢
> 查。二、臺灣對海外出版之書刊報紙，其能保持反
> 共或非共立場者，均能輸入。三、民、青兩黨在臺
> 灣有書刊或報紙發行，實對政府作建設性之指責、
> 批評與要求。王代表對吳函中所指「逮捕記者」一
> 事，予以痛斥。

王國大代表繼續談：

> 本人曾任記者十餘年，從未聞政府任何區域內有任

何同業無故被捕情事，除非其觸犯國家法律，或其本人確為匪俄間諜。本人願敘述一事實：民國卅九年春，本人任臺灣一日報社採訪組主任，某日派記者鄒曙外出採訪新聞，至夜半未見鄒曙，始之鄒被捕。翌日治安機關復將報社之副總編輯及採訪組副主任約往偵訊，消息傳出，本人之親友紛紛惶惶來社探詢，對本人安全至表關懷，甚至外間謠傳本人亦已被拘捕。

未幾，報社之副總編輯及採訪組副主任均行外釋。據稱：記者鄒曙可能係與洪國式同謀之匪諜。數月後，鄒案大白，證物確鑿，已自行全部招供，並執行槍決。本人欲特別聲述者：自鄒匪被捕迄於正法，治安人員從未一次來訪本人，查詢有關鄒匪情事，更未一次傳訊本人到案，提供任何參考資料。

最後，王代表強烈主張：

此次吾人除要求政府依法嚴辦吳國楨外，更要求政府嗣後啟用真正忠貞愛國人才，堵絕投機政客倖進之路，使吳國楨者流永遠絕跡於吾國政壇。

承上述，我因特別關注張道藩與王藍等人所發起成立的「中國文藝協會」，和其等在國民政府戒嚴時期反共文

藝政策所扮演的角色。所以，特別筆記了具有國大代表身分、又是文藝創作者、且是新聞工作者的王藍，其對於吳案所聲稱「哪裡無言論自由‧誰見有擅捕記者」的痛斥文字。

有關王藍的文學作品中的《藍與黑》，同被紀剛《滾滾遼河》、徐鍾珮《餘音》、潘人木《蓮漪表妹》譽為「四大抗戰小說」。（2022-07-13）

堅辭立法院長理由

　　張道藩、陶希聖對於「吳國楨案」的攻擊力道，隨著吳國楨的滯美和美國媒體關心的程度，到了 1954 年底之後也就隱沒了。然而，張道藩的立法委員和院長角色並沒有因而閒散下來，其關心力道似乎已轉移到《自由中國》雜誌與「雷震案」的事件上，這也導致他政途路上的遭遇挫折，而萌生退意。

　　1960 年 12 月 22、23 日，《徵信新聞報》連續兩天登載該報記者董大江的報導：

> 立法院長自民國四十一年（1952）三月當選就職，迄今已八年又九個月，「他為什麼要請辭立法院長」，是衝口而出的「激動」，因為在今年九月間，立院本會期復會前夕，（蔣中正）總裁邀集國民黨籍立委餐敘，陳（誠）副總裁也在座，席間陳副總裁談到他的自己身體不佳，張院長就說，他的身體也不好，總裁要我們幹我們就幹，總裁要我們不幹我們就不幹。當時張院長又曾談到反對黨的事。他說黨員委員如果有人參加反對黨，「我就揍他」。
>
> 又例如不久之前，立院一次秘密會中聽取外交部長

沈昌煥的報告之後，張院長曾以立法委員的身分登臺發言。他說唐傳宗很有義氣，不把債權人的名字公布，又說到唐傳宗的母親很像他的母親，他聲淚俱下呼籲大家一定要支持唐榮。張院長的倦勤，外面的人往往把他跟唐榮的事拉在一起。也有人聯想到是不是因為他想賣畫的解決經濟拮据，或是法國夫人的家庭問題，使他對政治生活厭倦了。或是正如他辭職的理由，是「舊病復發，歷經醫療，尚未康復」，那麼，他的病，究竟病到甚麼程度了呢？或是也有部分立委對他表示不滿，曾一度醞釀罷免，雖說只是出現夏去冬來的聲音，卻也因而導致他的不如歸去？

《徵信新聞報》報導的次（24）日，《公論報》有則小小新聞指出，張道藩辭職的原因：

正在風景優美的日月潭休假養病的立法院長張道藩，已於日前正式向國民黨中常會暨蔣總裁呈請辭職，其理由是健康欠佳。但據接近張氏的某立委私語記者說，張院長辭職的原因，乃由於與其好友又係過去的「同志」而現在同事的齊世英委員從事組織新黨運動而「交惡」。雷案發生後，對他亦不無影響和刺激。而唐榮鐵工廠債務問題，更使他「失

常」，以致「舊病復發」，不得不以健康欠佳為由
堅辭立法院長的職務了。

　　張道藩辭立院院長的真正原因，在《公論報》的這則
報導之後，應該已是過清楚了。1961 年 1 月 1 日《聯合
報》的專訪張道藩，和 2 月 25 日《中央日報》登出「立
委三百五十餘人‧昨提案慰問張道藩」，以及同日開始
《自立晚報》的系列〈張道藩與立法院〉特寫，其有關張
道藩的辭職都離不開《公論報》所述的因素。

　　我檢視張道藩院長在「吳國楨案」所扮演的嚴屬批判
立場，和乃至「雷震案」的後續發展，都使得這位鐵桿護
衛國民黨政權，又有「張道藩主義」封號的立法院長心力
交瘁。特別是他因好友齊世英委員的從事組織新黨運動而
與其交惡。所以，雷震、齊世英等人的籌組「中國民主
黨」發生後，對其堅辭院長乙事亦不無影響和刺激。

　　齊世英資深立委正是《巨流河》作者齊邦媛的父親。
齊世英是國民黨時期東北籍立法委員，當年以思想開明著
稱，創辦《時與潮》雜誌，被歸類為 CC 派（陳果夫、陳
立夫兄弟）大將。1954 年，因反對黨部的提案而被國民
黨開除黨籍。

　　根據齊世英女兒齊邦媛教授轉述：「他父親被開除黨籍
後說，他當立委薪水夠用就好，他根本不要名利。因此，他
才能從民主化角度來參與組黨運動。」（2022-07-14）

政治乎？文藝乎？

1961 年 2 月 24 日，張道藩先生卸下立法院長職務，但仍保有立法委員的身分，只是在媒體曝光的機會就顯得少多了。1962 年 10 月 31 日、11 月 1 日《徵信新聞報》前後兩天報導來自《陽明山訊》的有關張道藩消息。

前篇報載內容：

> 前任立法院長張道藩，30 日的晚上向記者宣布，他已決定考慮退出政壇。這是張氏昨晚在陽明山的自宅中，向記者透露的四大願望之一，此外他並希望，從此能安下心來從事寫作，明年元月開始，將聽從總統的勸告戒除吸煙的嗜好，希望能活至七十歲以上。他準備從即日起寫四本書：一、總統傳，仿照耶穌傳的方式，以通俗的小說體敘述總統的豐功偉業，二、話劇劇本，劇名未定，但定明年元月演出，三、電影劇本，四、從事政治生涯回憶錄，又名《酸甜苦辣回憶錄》。張氏昨晚並在自宅準備了很多壽麵，招待他的友人，為總統暖壽。

後篇報載內容概略：

談到平劇和文藝，他從書架取下早年自己所寫的
英、法兩種版本的話劇本《自救》，也取出已故國
劇大師齊如山先生的生前著作，談到從前的政治生
涯，他又搬出一大堆他自己攝的和別人攝的相片給
客人看，他指著四周的書架說，從前當官的張道
藩，不是真正的張道藩，他說我要安靜地在有生之
年從事寫作，只有寫作，才是真正的張道藩。

我檢視那幾天的前後報紙，發現 10 月 31 日《臺灣
新生報》更刊出一篇張道藩寫的〈我怎樣的紀念蔣總統七
旬晉六華誕〉的專文。內容上與上述《徵信新聞報》報載
的內容諸多重複，但我仍筆記張氏在該文最後部分的文
字：

六、竭盡一切努力，使我的妻女得到較舒適的生
活，精神上得到快樂，以補我過去年青時期時荒唐
胡鬧，給他們的苦痛。我希望如此公開宣佈，絕對
做到，如做不到，則我之紀念總統誕辰，就欺人自
欺，當無面再見領袖和同志。必知所以自處，希望
真正愛我的親族、戚友、同志、同事，隨時賜予糾
正，以成我之志。

回復平靜生活的張道藩先生，1966 年 7 月 10 日，

《中華日報》登載：

「中國文藝協會」，為慶祝文藝界領導人張道藩七十壽辰，昨（9日）下午三時半，由陳紀瀅主持，在自由之家舉行盛大茶會。張氏欣然蒞會接受祝賀。到嚴副總統、谷鳳翔、黃少谷、倪文亞、馬壽華、胡健中、馬星野、楚崧秋等黨政、文教藝術界、民意代表五、六百人。嚴副總統曾致詞，頌揚張道藩對黨國以及文教藝術的貢獻，馬壽華亦致頌詞。「中國文藝協會」全體同人特撰〈頌不老的文藝鬥士〉長詩，向張氏獻誦。最後由張氏致詞答謝。會場氣氛極為歡愉融洽。

1968年4月16日，《中華日報》登載：

蔣（中正）總統昨日再派臺北醫院院長熊丸前往三軍總醫院，探視前立法院長、中國國民黨中央常務委員張道藩的病況。張道藩於本（4）月六日在家中跌了一跤，腦部受到震盪，經送三軍總醫院治療後，頭部跌傷的傷口，現正在癒合中，他的心臟、呼吸及血壓也均正常，病況頗有起色。

5月2日，蔣總統伉儷到三軍總醫院探視時，張道藩

的夫人和他的妹妹張道琨（其夫婿立委吳延環）、張道穎皆在場，張道藩的病況目前雖然未完全清醒過來，但已可辨識人聲。惟到了 6 月 12 日，不幸因心臟衰竭過世。

我檢視了張道藩先生的著作，顯然他想要完成《蔣中正傳》的心願並未達成。至於，撰寫他從事政治生涯的《酸甜苦辣回憶錄》，我只找到 1981 年 6 月 1 日，由傳記文學出版社再版的《酸甜苦辣的回味》，是一本約二萬字的小書。

該書除了第一部：自述之外，我比較注意到它的第二部：雜文，因為其中收錄了「文藝創作」發刊詞、為潘人木女士《蓮漪表妹》序、梁實秋先生譯著書目弁言，和胡適之先生的詩一首。

我最感到遺憾和不解的是，對於一位文藝工作者張道藩先生卻未曾留下他與蔣碧薇之間，在情感生活方面的文字，我們如果想要進一步的去深入去了解，只有藉助於蔣碧薇女士寫〈我與徐悲鴻〉、〈我與張道藩〉的《蔣碧微回憶錄》了。（2022-07-15）

蔣碧微〈卻道海棠依舊〉

接到好友詩人、道藩文藝基金會前副董事長周伯乃先生，轉寄來蔣碧微女士發表的〈卻道海棠依舊〉一文，和一張張道藩、蔣碧微和其二位友人的合照。非常謝謝伯乃兄的盛意，也特別要向持有肖像權者致上謝意。

我閱讀了蔣碧微女士的〈卻道海棠依舊〉，一次又一次的深受感動；我也閱讀了她的《蔣碧微回憶錄》，對於曾經出現在她生命中有過徐悲鴻和張道藩的情愛，蔣女士款款道盡了海棠的依舊，卻難再拾回舊日的歡樂時光，其真情流露的躍然紙上，真令人感嘆的別有一番感受在心頭。以下，我略引述蔣文中，其所記述與張道藩的一段情。

蔣文寫到她的初識張道藩：

一日，家中來了位濃眉大眼的年輕人。「鄙人張道藩，留學法國習畫，仰慕徐先生，前來拜訪。」「您先請進，悲鴻馬上回來。」他與我攀談，儒雅而熱情。「您這身洋裝很美，上衣是大紅底，明黃花，長裙是明黃底，大紅花，像一株海棠，雍容華貴。」「張先生過譽，不過是柴米油鹽的主婦罷了。」結婚十年，習慣了作灶下婢，「卿若海棠」

的比喻塵封太久，幾近遺忘。「您雖不施粉黛，卻
難掩高貴氣度，真可謂淡極始知花更豔。」

經過多年時光的流逝之後，蔣碧微又對於張道藩的出
現，有如下的描述：

張道藩再次登門。一別數年，他身居高位，已無少
時莽撞。「張先生還畫畫嗎？」「俗務纏身，鮮有
閒情逸致。上次你我歐洲見面，我曾畫一幅海棠，
現終得機會送與你。」「張先生有心。彼時氣盛，
負了張先生一片心意。」「我只想今後在旁照顧
你，莫讓風雨殘了一株海棠。」千瘡百孔之際，驀
然回首，那人卻在燈火闌珊處。我把道藩所贈海棠
掛在客廳，旁邊是徐悲鴻與我脫離關係的聲明。

1953 年，蔣碧微對於先生畫家的徐悲鴻於過世之
後，在她的文中寫道：

道藩見我落淚，問我是否還對徐悲鴻念念不忘。
「這些年我們朝夕相處，算什麼呢？」他聲音裡有
淒涼的意味。「道藩，等我六十歲，我就嫁給
你。」天不遂人願。我五十九歲時，我們分開了。
道藩寫回憶錄，沒有一字關於我。我不怨他。他伴

　　在我萬念俱灰的時辰，借著他的半星溫暖，我才涉
　　過命運的深寒。對他，我只有感念。分手十年，他
　　病危，我去醫院探望。他意識已模糊，只說：「海
　　棠，海棠。」

　　我把時間倒回 1945 年，當時徐悲鴻與蔣碧微離婚。
1949 年，蔣碧微與張道藩來到臺灣，暫住臺北溫州街，
開始他們的同居生活。1958 年，因為張道藩法國太太蘇
珊的出面，兩人最終分開。

　　1968 年 4 月，蔣碧微突然聽說張道藩病危，一個多
月後，張道藩過世。10 年後的 1978 年 12 月 16 日，蔣碧
微在臺北去世。現在我們也只能閱讀從她留下來的《蔣碧
微回憶錄》，去感受到她的感情生活了。

　　我特別對照傳記文學出版張道藩過世前寫的《酸甜苦
辣的回味》小書，其中有篇〈拜師前夕給齊白石的信〉，
信的開頭是這樣寫的：

　　　白石先生尊鑒：本會（中華全國美術會）秘書
　　蔣碧微女士回來同我說，先生已允許我誠懇的請
　　求，收我為弟子。我非常的高興，也認為非常的榮
　　幸，並且承先生特別體諒我，免得我受人家的批
　　評，在舉行拜師典禮的時候，只要行鞠躬禮，而不
　　要我行跪拜禮，更使我非常感動。

　　檢視張道藩寫這封信的時間，應該會是在（1943
年）11 月 2 日，當時張道藩是以「中華全國美術會」創
會會長，而蔣碧微當時已是該會的秘書了，這也可以部分
證實了他們二人之間的情感了。（2022-08-18）

記一段「道藩文藝基金會」的軼事

「道藩文藝基金會」前副董事長周伯乃兄，寄來一張他與陳立夫（1900-2001）先生的合照，和其轉來陳立夫先生的媳婦林穎曾女士口述、李菁撰寫〈我的公公陳立夫〉的文章。

首先，根據周伯乃先生的記述：

> 因為，王藍先生組成一個《財團法人道藩文藝基金會》，設在臺北市羅斯福路三段 277 號 9 樓，請立夫先生任董事長；王藍先生任副董事長，我任文藝中心主任。所以，這篇（指〈我的公公陳立夫〉）文章我也知道一些內幕。因為他的少爺也任董事；其夫人所寫是可信（指林穎曾女士）。陳立夫先生 102 歲還親自批了楚崧秋先生的簽呈，因王藍先生要出國赴美，秦孝儀先生要我接下該基金會副董事長一職。立夫先生批准：「副董事長可由周伯乃接替，但不能換我的董事長」。

周伯乃先生繼續寫到：

> 我接下來，一直到我七年前罹患輕微中風後辭去，

因為基金會沒有錢，全靠我去張羅支付人事費、雜
支；幸而有幾位臺商及我香港堂叔支持，否則早就
沒有了！後來，立夫先生逝世後，我原要文化大學
董事長張鏡湖先生接任，他堅持拒絕接任，乃由道
藩先生在美國的女婿接任董事長。我任副董事長的
這段期間，可說是在執行董事長的工作與責任。

我請教周伯乃先生，當年張道藩先生來臺之後，好像
就暫居住在羅斯福路 3 段 283 巷的溫州公園附近，就是
位於財團法人道藩文藝基金會的臺北市羅斯福路三段 277
號的隔壁巷子進去嗎？另外，在附近還設有道藩紀念圖書
館嗎？

周伯乃先生說：

好像是，年代久遠了，記不太清楚，有幾次他還帶
著法國妻子來文協（中國文藝協會），與陳紀瀅先
生、王藍先生、穆中南先生、宋膺先生，那時我還
年輕，只有向他們行晚輩禮！

我繼續請教：據了解，當時張道藩與蔣碧微就住在羅
斯福路 3 段 283 巷（之前的溫州街 96 巷）的溫州公園附
近。從文藝發展與反共文藝的貢獻，「中國文藝協會」與
「中華文藝獎金委員會」功不可沒。

周伯乃先生說：

> 對，後來蔣碧微到新加坡居留一段時間，又再回
> 來，英雄難過美人關；如果你看過《皇冠》出版社
> 出版的《蔣碧薇回憶錄》就知道他們情有多深！
> 「中國文藝協會」成立時，在螢橋邊（羅斯福路與
> 辛亥路口）一間房子，在之前還在重慶南路一段創
> 辦「中興文藝獎」。其實，張（道藩）先生在大陸
> 就執掌了中央文藝宣傳政策與與毛澤東的「工農兵
> 文藝政策」相抗衡！

承上述，這凸顯了「道藩文藝基金會」、「中國文藝
協會」等單位，在 1960 年代前後，與國防部總政治部主
任蔣經國相呼應，將文藝推動到軍中的運動，和提倡軍中
革命文藝的「文化清潔運動」，也就是將所謂的「戰鬥文
藝」、「戰鬥文學」推廣到軍中。

根據林穎曾口述〈我的公公陳立夫〉的文中提到：

> 1950 年 8 月 4 日，在國民黨改造會議的前一天，
> 公公被要求在 24 小時內離開臺灣。這可能是他一
> 生中最痛苦的一天。現在很多文章在提到這一段
> 時，往往形容是蔣介石將陳立夫「趕走了」。但其
> 實真正的問題在於公公與陳誠的矛盾。公公那時人

氣比較旺，如果他硬著不走的話，很可能翻盤，但
他最終採取了迴避矛盾的方式。

　　從林穎曾女士的口述上面一段話，加上「道藩文藝基
金會」董事長的請由陳立夫先生擔任，可以佐證張道藩先
生於 1952 年 2 月至 1961 年 2 月，在任立法院擔任院長
的期間，亦正是代表陳果夫、陳立夫兄弟「CC 派」，在
繼陳立夫離開立法院副院長之後的政治勢力，仍有存在立
法院發揮的空間。
　　周伯乃記述：

> 所謂：CC 派，實際上是《中央俱樂部》（Central
> Club）而來，從 1930-1950 年主要派系，亦可以
> 說是中國國民黨主流派，約有 10,000 成員！在八
> 年抗戰時期，替黨國做了不少事，當然最重要的是
> 情報方面的情資蒐集！軍統局局長戴笠（雨農）採
> 取單線領導，他突然飛機失事而亡，毛人鳳接下
> 來，手忙腳亂，情報系統就有些紊亂無緒；不久之
> 後毛人鳳亡故，我的同鄉張炎元（黃埔二期）接下
> 來，不久之後換葉翔之（化名葉光華、陸重
> 光）……其實裡面有一位最重要人物是張輔邦（號
> 衛蒼，黃埔三期）在軍校時，就主編學生刊物，老
> 蔣特別重他，表面是「粵漢鐵路警務處處長」，而

最重要的是軍校學生調查處處長，凡中校以上的軍
官的安全資料都在他手裡，老蔣只相信他的資訊！

周伯乃又述：

我一直想寫張輔邦和張中邦的歷史，但年紀太老
了，無法執筆寫長篇文章，他們兩兄弟對國家貢獻
太大了！因為，民國 44 年春從空軍通信學校（後
來改為空軍通信學校，後又改為空軍航空技術學
院）就經常在他家走動。知道很多早年情報人員的
資料，張中邦也是被害的，留下一子與我在新竹機
場同事，但我們所學的不同，他是機械學校，目前
還在三峽榮民之家！

周伯乃再述：

中統局是隸屬中國國民黨的系統，改造後分隸第二
組、第六組主管情報！民國 54-55 年，我被國防部
特種情報室徵召赴「溪園」受訓，結業後，同期同
學熊正中（機校 15 期）派空軍總部情報署特種情
報組組長；另一位同學王世衡派香港站長，我應秦
孝儀先生之邀入中央黨部任《中央月刊》特約編
輯。

儘管林穎曾女士在文中指出，公公從來沒有承認過有這樣一個 CC 派，但是外界仍有所謂「蔣家天下陳家黨」的說法。這可溯自陳立夫 1927 年（27 歲）出任蔣介石機要秘書。1929 年 3 月，任國民黨中央執行委員會秘書長，1931 年 6 月，改任中央組織部部長，1948 年 5 月至 12 月，短暫出任立法院副院長。

根據張道藩在《酸甜苦辣的回味》指出，自 17 年（1928 年）3 月到中央組織部工作以後，一天一天的捲入黨政漩渦。以後他歷任了各項重要的黨政職務，並持續與陳果夫、陳立夫兄弟維持密切關係。1950 年 7 月，他擔任中國國民黨改造委員會委員，1952 年 3 月至 1961 年 2 月，更是四次當選立法院長一職。（2022-08-19）

溫州街的神仙歲月

1962 年 10 月 21 日，張道藩在《中央日報》發表一篇名為〈一個艱苦奮鬥的文化工作者〉，文中提到「十三年前，我住在溫州街」。依此時間推算，1949 年，張道藩來臺的住在溫州街，極可能住址就是 96 巷 10 號。當時還是一棟日式平房獨院的房子，右邊門牌是掛著「張道藩寓」，左邊門牌是掛著「蔣碧微寓」。這房子後來賣掉，被改建成一棟四層樓公寓。1978 年前後，因為辛亥路擴寬的結果，該地址改為羅斯福路 3 段 283 巷 19 弄 x-x 號。

該處地址經「道藩文藝基金會」前副董事長周伯乃先生的查證結果：

> 一點不錯。向蔣碧微買的。以前叫溫州街；後改為：羅斯福三段 283 巷 19 弄 x 號 x 樓／現在有沒有改不知道。

周伯乃先生又指出：

> 說到張道藩院長，他家是通化街 18 巷 5 號，我家在對面是 8 號，我們見過他的法籍夫人和一個 10

歲左右的小女孩住在一起。看到我們非常有禮又和氣，時間不長，我大學畢業不久就沒看到可能回法國去了。那裡後來門牌號碼改編現在是 200 巷 32 號。當初那裡都是獨院西式房子，家父是跟一位空軍軍官買的，因為他退役要移民美國。張院長的房子後來賣給一位工會楊立委，他將房子改建為二樓，搬來沒多久太太過世，很快再娶聽說是他的秘書，前妻的孩子和後母處不好，我們出國回來那一帶的房子都改建為五樓公寓房子。他們 5 號，3 號是糧食局局長李連春兒子的房子。

1952 年 3 月 11 日，張道藩當選立法院長，1959 年 5 月遷出溫州街 96 巷 10 號，暫住和平東路，1960 年遷入通化街新居。換言之，1949 年底來臺住進溫州街，到 1959 年 5 月搬出，這期間的 1952 年至 1959 年的張道藩，是有立法院長的職務在身的。

回溯 1950 年 3 月 1 日，蔣介石總裁復行總統視事，張道藩即受命組織「中華文藝獎金委員會」。4 月，「中華文藝獎金委員會」成立，由張道藩、程天放、陳雪屏、狄膺、羅家倫、張其昀、胡建中、陳紀瀅和李曼瑰九位委員組成，公推張道藩出任主任委員。目標是獎助具有時代性的文藝創作，以激勵民心士氣。

5 月 4 日，張道藩又與陳紀瀅、蔣經國、張其昀、馬

星野、程天放、鄧文儀、趙友培等一百五十餘人的發起成
立了「中國文藝協會」，張道藩擔任常務理事。所以，檢
視重要理監事與「中華文藝獎金委員會」委員的名單，出
現諸多相互重疊的情況。「中國文藝協會」在組織人事
上，比較特殊的地方，就是成立之初沒有選出會長或主任
委會的人選，而是採由常務理事輪值方式。

周伯乃先生證實：

> 是，懸缺，所以一直以常務理事輪值，以一年為原
> 則！採取常務理事輪值制很久，後來才有郭嗣汾先
> 生、朱嘯秋先生等人開始有理事長選舉！

或許，考慮張道藩住在溫州街的關係，或許是經費的
因素。所以，後來「中國文藝協會」和「財團法人道藩文
藝基金會」的辦公室，包括 1956 年籌劃成立的道藩文藝
圖書館，早期是附屬於道藩文藝基金會，可說是臺灣最
早、最前衛的一座文藝性專業圖書館的擘畫。

前副董事長周伯乃指出：

> 對，（1980 年初）火災後，就移交給臺北市辛亥
> 「臺北市立圖書館」管理了，有多少書？我不知
> 道，但大部分都是文藝、文學作品！而且都是名家
> 作品！地點選擇現在臺電大樓正對面，位於羅斯福

路三段 277 號「羅斯福大廈」9 樓，亦即 283 巷子的溫州公園附近，以利於張道藩的公私兩相宜。

根據周伯乃記述：

> 陳立夫先生創辦的「財團法人道藩文藝基金會」；他任董事長，我任主任，後來王藍（《藍與黑》作者）出國，他把副董事長也交出來要我接，只是我以執行副董事長名義負責「財團法人道藩文藝基金會」，董事長一職一直是陳立夫先生名義！因為張鏡湖先生不願意接受董事長一職。

周伯乃又述：

> 羅斯福路三段 277 號 9 樓 B 棟，（1980 年初）有火燒房子後，文協總幹事宋膺（宋學謙）就把大廳擴大為一個廳，被文協所用；王藍任副董事長時，屬於「財團法人道藩基金會」的一半大廳還出租給「媽媽合唱團」、「國樂團」……有一點收入支付人事費用；等到我接任時，只有 10 萬元臺幣，不到一年就支付光了。在舉辦「道藩先生百年紀念會」，道藩先生的女婿從美國回來；參加紀念大會，會後，答應每年支付 10,000 元美元，補助基

151

金會的人事、雜支費用。好像補助一年後，第二年
就給了三千元美金，以後就沒有了！

周伯乃感慨地說：

因為沒有經費，每年要向外籌措，全靠我向好朋友
臺商黃德雄先生補助 20 萬元臺幣，大概捐助了 5
年，亦就停止；不得已我向香港建築商堂叔周化文
求助，捐贈 20 萬元臺幣；自後就沒有外來的錢，
全靠我個人支出，一直到我中風（民國 102 年）
以後就交給文協理事長王吉隆管理。他把我的辦公
室、會議室出租，大概有點收入，將近 10 年了，
我沒有過問，副主任陳明卿先生逝世，亦就算完全
結束了！

張道藩的溫州街歲月，可從 1949 年底來臺的住進溫
州街，到 1959 年 5 月的遷出，這段時期張道藩在 1952
年出任立法院長，又有蔣碧微女士陪伴的過神仙生活。溫
州街的 10 年風光歲月，張道藩院長的春風得意是令人羨
煞，但他與元配關係存在的內心世界，或許難免帶有些微
的失落吧？（2022-08-22）

《文藝創作》的戰鬥文藝精神

　　張道藩與中華民國文藝政策的淵源甚早，關係可溯及
1932 年，他擔任在南京成立「中國文藝社」的理事，和
1940 年 12 月，擔任中國國民黨中央宣傳部下設「中央文
化運動委員會」的主任委員。

　　1942 年，他更在「中央文化運動委員會」指導下，
促成設置「文藝獎助金管理委員會」，及創辦《文化先
鋒》、《文藝先鋒》的刊物，以加強文藝工作，照顧抗戰
期間跟隨政府撤退到大後方的文藝工作者。

　　1950 年 5 月 4 日，由張道藩、陳紀瀅、馬星野。王
平陵、尹雪曼，以及王藍等人發起成立「中國文藝協
會」。該會成立宗旨在配合中華民國政府「反攻大陸」的
政策，並與其他親官方的民間文藝團體協力執行官方的文
化政策。

　　《文藝創作》創刊於「中國文藝協會」成立的隔年
（1951 年）。張道藩於《文藝創作》的〈發刊詞〉指
出：

　　　　兩年來自由中國的文藝運動，隨著反共抗俄的高
　　　　潮，呈現了空前的蓬勃。無數終於民族國家的文藝
　　　　作家，各自發揮其高度的智慧與技巧，創作了許多

153

有血有肉可歌可泣的作品，貢獻給戰鬥中的軍民同胞，使我們驚喜於中國文藝復興將隨著中國民族的復興而開拓了無限燦爛的遠景。可是，因為出版方面的困難，以及報章雜誌篇幅的限制，使得優秀的文藝作品雖然產生很多，而發表的機會始終很少。本會自去（1950）年四月成立以來，一方面竭力獎勵文藝創作——一年來在本會激勵鼓舞之下，從事反共抗俄文藝創作者三千餘人之多，已得本會獎金及稿費作家共計四百餘人——一方面將得獎及採用之作品，向有關之出版機構及報章雜誌介紹發表，曾以《紫色的愛》、《疤勳章》，兩部小說，委託正中書局（黨營）出版，以《如夢記》一部小說，委託重光文藝出版社（陳紀瀅創辦）出版。以近三十萬字的小說、詩歌、文藝理論，介紹《中華》（黨營）、《新生》（省營）兩副刊，火炬（孫陵主編）及其他刊物發表；以二十六萬字的短篇小說、詩歌、劇本、鼓詞、小調等，寄往南洋、印度、加拿大、美國等各地華僑報紙發表，本會並直接印行《反共抗俄歌詞選》一種。（除各電臺廣播前後約四十萬自不計外），上列印行發表數字，共計在八十萬字左右。這個數字雖不能算小，可是與本會一年來所獲之文藝作品中全部文字稿四百萬字來比例，僅及五分之一。

本會深感文藝作品不能大量發表，不僅埋沒了作家的心血，減少思想戰精神戰的力量，且將低抑了作家們寫作的情緒，阻滯了整個文藝運動的發展。且報紙副刊，對五千字以上的作品即感無法容納，各出版機構，對於銷路較窄的作品，因成本不易回收又多不接受。本會深感很多份量較重的長篇巨著無處發表的苦悶，思維再四，決定在經濟條件極端拮据之下，自本（1951）年本月份起發行本刊，為「自由中國」的文藝作家們開創一廣大園地，為忠貞的軍民讀者，提供大批精神食糧。

茲當創刊伊始，預期為文藝界同仁及廣大讀者告者：一、本刊為不定期刊物，至少月出一期，視各月事實需要，或能增刊。二、本刊出刊後，當精選優秀作品，另印單行本。三、本刊各期發表之創作，以本會得獎及錄取稿為主。四、本會所採用之作品，將一律予以刊出。早已成名作家的作品，有其深厚的感人力量與特殊的藝術造詣，固受讀者的歡迎。即新近成名作家的作品，也都是愛國家民族之文藝戰士心血的結晶，不失為這時代忠實的紀錄。亦必為讀者所重視。五、有關當前文藝運動之理論及對優秀作品之批評文字，特別歡迎投稿。最後，希望文藝界的同仁及廣大讀者隨時隨地賜予本刊以指導，鞭策與支持。（引自：張道藩，《酸甜

苦辣的回味》，1981 年再版，傳記文學，頁 95-97）。

張道藩《文藝創作》的發刊詞甚長，尤其文一開始就點出，自由中國的文藝運動，隨著反共抗俄高潮，文藝作家各自創作了許多的作品，貢獻給戰鬥中的軍民同胞，使中國文藝隨著民族的復興，開拓了無限燦爛的遠景。其旨在凸顯《文藝創作》在這動盪時代的歷史意義，及其扮演「反共文學」的重要角色。

《文藝創作》的發行，隨著張道藩院長在政壇上的起落，當其影響力逐漸式微之際。1956 年底，停辦了其所主導「中華文藝獎金委員會」的「五四獎金」，《文藝創作》亦隨之停刊，終致宣告《文藝創作》的戰鬥文藝精神已到了轉型時刻。

1961 年，張道藩辭掉立法院長一職。1965 年 9 月，「中華文藝獎金委員會」的「五四獎金」亦已由王雲五先生擔任董事長的「中山學術文化基金會」取代，張道藩只落得副董事長一職了。

1967 年之後，攸關國家的文藝政策與實施，更由「中華文化復興運動推行委員會」（文復會）與「國家文化基金會」等單位接棒了。

我檢視 1950 年至 1956 年，「中華文藝獎金委員會」的「五四獎金」得主名單。1952 年，長、短詩的得

主分別由鍾雷、王藍獲得。曾以《近代西洋文藝新潮》一書，獲國軍文藝金像、文藝評論獎的周伯乃先生，談到一段有關於他與文藝獎得主等摯友的生活片斷：

> 王藍本身是第一屆國民大會代表，且王藍先生極為會做人，謙虛、和愛。而且文藝界有結拜兄弟，老大魏希文（小說家、國大代表、臺灣省黨部常委）；老二穆中南，（《文壇》月刊社社長；亦是小說家，筆名穆穆）；老三鍾雷（本名翟君石，人稱為十項全能，詩書畫、劇本、金石、篆刻等）；老四王藍；老五許希哲（小說家、菲律賓華僑）。當年五位先生在臺灣文藝界極富盛名！

周伯乃先生繼續談到：

> 我所以會進中央黨部，就是鍾雷先生邀我在《中央月刊》寫稿，他向秦孝儀先生推薦的，先為特約編輯，月支車馬費 1,500 元，後來《中央月刊》經過中常會通過擴大編制，我與詩人王祿松、吳建民列入正式編制；從助理幹事做起。（2022-08-23）

「中國文藝協會」的時代意義

　　1950 年 5 月 4 日，由張道藩、陳紀瀅、王平陵、尹雪曼，以及王藍等人發起成立「中國文藝協會」。該會成立宗旨，在會章的第二條，即有明確的說明：「本會以團結全國文藝界人士，研究文藝理論，從事文藝創作，展開文藝運動，發展文藝事業，實踐三民主義文化建設，完成反共抗俄復國建國任務，促進世界和平為宗旨」。

　　「中國文藝協會」早期的重要成員有：張道藩、陳紀瀅、王平陵、趙友培、王藍、尹雪曼、李辰冬、梁又銘、王夢鷗、林適存、公孫嬿、梁容若、徐鍾珮、郭嗣汾、郭衣洞（柏楊）、鍾雷、虞君質、謝冰瑩、蘇雪林、耿修業、孫陵、王鼎鈞等人。其中名單除了與「中華文藝獎金委員會」委員有部分重疊情況之外，重要成員還是以中國國民黨的黨員為主，主要也以外省作家為協會的成員居多。

　　「中國文藝協會」重要成員之一的尹雪曼，與曾獲「中國文藝協會」文藝論評獎章的周伯乃先生，有一段在文藝創作交流的經過：

　　　　我與尹雪曼（本名尹光榮）先生相識、相交是遠在
　　　　民國五十八年（1969）間，我任《中央月刊》編

輯；他在「行政院國軍退除役官兵輔導委員會」
（退輔會）任參事；他寫小說，《中央月刊》總編
輯鍾雷（本名翟君石）邀他撰稿。此後，常有來
往。

1965 年 11 月 12 日，為慶祝國父孫中山先生百年誕
辰及闡揚中山思想學說與獎助學術研究為目的，所成立的
「財團法人中華民國中山學術文化基金會」，聘定王雲
五、張道藩、徐柏園、何應欽、于斌、谷正綱、谷鳳翔、
黃季陸、黃朝琴、謝東閔、陳可忠、李熙謀、羅家倫、郭
驥、林挺生等十五人為委員。張道藩先生的排名已在王雲
五先生之後了。

1967 年 7 月 28 日，「中華文化復興運動推行委員
會」（簡稱「文復會」，現改名為中華文化總會）成立，
總統蔣中正任會長（委員長），孫科、王雲五、錢穆、于
斌、左舜生、林語堂、王世憲、錢思亮、謝東閔組成主席
團，這時候在這文藝界重要人士名單中，已不見張道藩先
生的名字了。

30 日，中國國民黨中央委員會即發佈《推進中華文
化復興運動辦法》，提出加強學術研究、推動社會生活、
舉辦文藝活動、教育配合、倡導大眾傳播、加強婦女工
作；並發佈措施，加強三民主義教育、堅定戰鬥意志、弘
揚傳統文化。

周伯乃先生說：

> 當時文復會設有文藝研究班，尹雪曼先生邀我去主
> 講「近代西洋文藝思潮」及「中國新詩發展史」；
> 後來他又受聘「國家文化基金會」副總幹事。這會
> 隸屬於中國國民黨文化工作委員會管轄，而許鄧樸
> 先生（秦孝儀先生的大舅子）任總幹事。尹雪曼先
> 生很會搞活動，文藝界人緣很好！謝東閔先生的大
> 少爺謝孟雄先生創辦了一個「眾成出版社」，尹先
> 生替其邀約一些文藝界人士的作品，我的《影響人
> 生的書》就是他代邀出版的。我調任《中央日報》
> 副刊編輯期間，他也推薦很多年輕朋友的小說，並
> 替其修改後給我。在行政院陳奇祿先生任政務委員
> 時，亦曾邀約文藝界人士來行政院會議室喝咖啡，
> 座談。

周白乃先生亦談到，1974-5 年間，尹雪曼先生擔任
《中華民國六十年文藝史》總編纂，負責該書撰寫、編輯
與出版的經過。周先生說：

> 《中華民國六十年文藝史》，也是尹先生邀我撰述
> 臺灣時期的文藝評論史；而抗戰時期的文藝史，是
> 約的作者沒有時間寫抑或是其他原因，尹先生就約

我寫的，並且參與其部分審稿工作。蔣孝武先生成立隸屬「退輔會」的「華欣文化出版公司」，他亦代蔣先生（時任中國國民黨政策委員會專門委員），邀集了司馬中原、鄧文來（鄧文儀將軍的堂弟、小說作家）以及我等十多位文藝界人士，在臺北市仁愛路二段召開會議，成立書店（鄧文來任總經理）、出版叢書等等。

1970 年 5 月 4 日，周伯乃在接受「中國文藝協會」文藝論評獎章，對自己如何走上文藝創作這條路時，有以下的記述：

我本身是學電機的；民國 44 年春從空軍通信電子學校（後來改為空軍航空技術學院）電機的，因為畢業後分派到新竹機場服務，在機場裡有一間藏書極為豐富的圖書館，而且都是大陸遷來的時候，專機運來的，幾乎有三分之二是三十年代名作家的作品，而圖書管理員不懂文學，更不懂當時被臺灣當局查禁的書，因工作不忙，所以，養成我天天跑圖書館，同時借出來看，又遇上新竹機場有一份《竹風報》，社長兼總編輯應公度先生是我前期學長，另外一位飛官張明珠（筆名紫藤）；我們三個人在一起喝咖啡、談文學、談藝術，而引起我寫小說

《相逢恨晚》中篇小說，在《竹風報》連載，引起我寫作的，而張明珠也翻譯外國短篇小說，就這樣改變了我一生的命運！

周伯乃繼續談到他的文藝創作之路，他說：

原本學電機，而且準備赴美學電導飛彈，結果變成煮字為副業！應該說生活所迫，因為，早年軍人待遇太低，薪水不足維持家計，只好拚命寫稿，每月幾乎都要寫上五六萬字！應該說稿費收入將近我軍中的薪水 3-5 倍之多！那年代報紙、雜誌的稿費，每千字大概都是 30-50 元左右！57 年（1968），我進《中央月刊》時，算是較高的稿費，每千字也只有 80 元，而一般報社副刊仍在 30-50 元千字！（2022-08-24）

文藝創作需要政策嗎？

回溯 1950 年 3 月起，中國國民黨中央改造委員會即在政綱中列入文藝工作一項。1953 年，蔣中正總統在《民生主義育樂兩篇補述》提示，〈民生主義社會文藝政策〉的重點與方向，對各項文藝工作都有極其明確的指示，為其後的「戰鬥文藝」運動，展開了主導作用。

1956 年 1 月，國民黨通過「展開反共文藝戰鬥工作實施方案」，正式開啟了國民黨文藝政策的時代。

1965 年 4 月，國防部為運用文藝力量，加強文化作戰，乃於臺北北投復興崗召開「第一屆國軍文藝大會」，發起「國軍新文藝運動」，並在〈國軍第一屆文藝大會宣言〉中強調：

> 尤其是新文藝運動深入軍中的每一個角落，真正確實地做到了兵寫兵，兵演兵，兵畫兵，兵唱兵，這不僅鼓舞了軍心士氣，而且對社會發生了「正人心，除邪說」的輔導和影響作用。

1965 年 11 月 12 日，設立「中山學術文化基金管理委員會」。隔年，改稱「財團法人中山學術文化基金董事會」，由王雲五、張道藩為正、副董事長。基金會獎勵文

藝創作，和鼓勵各大學校院博、碩士生研究孫中山先生思想。

周伯乃先生回憶：

> 當年我還領過該基金會的補助出版費，並出版了不同版本的《現代文藝論評》。《現代文論評》一書封面題字，是請時任中國國民黨秘書長谷鳳翔先生題字，董樹藩先生任其辦公室機要秘書。後來，我蒙鍾雷先生任總編輯，董樹藩先生任副總編輯；當年《中央月刊》編制尚有陶崇義專門委員、陳桃芳專門委員、夏以貴先生及我與王祿松、吳健民三位特約編輯。組織蠻龐大！是由原本《中央半月刊》改組成的；因為銷售量極高，將近 85,000 份。《中央月刊》是當時代表國民黨的刊物，主要傳播黨的思想與政策。

1966 年 3 月，國民黨在九屆三中全會中通過「強化戰鬥文藝領導方案」；12 月，在九屆四中全會中通過「中華文化復興運動推行綱要」，將「繼續倡導戰鬥文藝，輔導各種文藝活動」；隨後，陸續成立中華文化復興運動推行委員會及教育部文化局；1967 年 12 月，在九屆五中全會中通過「當前文藝政策」。

1968 年 5 月下旬，蔣中正總統在舉行的「文藝會

談」中，特別指出：

> 今天文藝工作者的使命與路向，必須使民族文化與
> 時代精神結合起來，以把握務本與求新的原則，而
> 增強其承先啟後的責任。同時，基於時代精神與革
> 命任務的配合需要，更要促進文藝與武藝的結合，
> 加強文藝的戰鬥力量，使其一方面擔當起三民主義
> 政治作戰與心理作戰的前鋒，一方面力挽當前偏頗
> 頹靡以及畸形發展的文藝逆流，而將其導向於三民
> 主義新文藝的以「仁」為本的主流。

檢視 1950-1960 年代期間，中華民國文藝政策從
「反共文學」到「戰鬥文藝」的制定與實施，對國家社會
有其正面的意義與功能。

周伯乃先生指出：

> 戰鬥文藝是比較積極性的文藝，因為當時大陸撤退
> 來的不僅僅是六十萬大軍，同時也有很多知識份
> 子、文藝作家、詩人、小說家、商人、公務員，以
> 及流亡學生！在那大時代裏，難免有些失落感，再
> 加上貧窮、苦難，所引起的苦悶、悲觀氣氛，因而
> 造成嚴重的沒有明天的悲情！因而，文藝界人士為
> 了改變這股頹廢觀念，乃積極推動奮鬥向上精神！

所以，為了配合政府推動克難政策，乃有戰鬥文
學，鼓勵大家奮發向進的精神！

因此《青年戰士報》副刊主編吳東權先生，召集文
藝界人士，包括詩人、小說家、散文作家、劇作
家……全力批判頹廢小說，包括詩歌、散文、戲
劇…等等。而音樂界、廣播界也批判靡靡之音的
歌，掀起一股熱潮，席捲了臺灣文藝界、戲劇界、
音樂界！逐漸有了西洋文學，含小說、詩歌引進，
包括出版商；大量翻印大陸上世紀三四十年代翻譯
的外國小說、詩歌，出版面世，反正沒有版權問
題，書商也樂得影印出版！而這股風潮影響了許多
讀者喜愛大部頭的世界名著，如托爾斯泰的《戰爭
與和平》、蕭霍洛夫的《靜靜頓河》、海明威的
《戰地鐘聲》。

「戰鬥文藝」政策的受到批評，在周玉山教授編校
《文學與歷史──胡秋原選集第一卷》中，胡秋原指出：

全體而論，沒有文藝政策是成功的。……有憲法保
障思想著作之自由，有刑法制裁危害社會之活動，
即無文藝政策之必要。如要有文藝政策，那便是在
憲法範圍內對學術文藝作一般鼓勵，供給研究、創
作的便利，解除寫作的困難，保持自由創作、自由

批評的風氣。文學的標準首先必須是文學，而批評
首先必須是批評。

　　曾任《自由中國》雜誌文藝版主編的聶華苓女士，在
其《三輩子》的回憶錄一書中寫道：

> 那時臺灣文壇幾乎是清一色的反共八股，很難看到反
> 共框框以外的純文學作品。有些以反共作品出名的人
> 把持臺灣文壇。《自由中國》絕不要反共八股。郭衣
> 洞（柏楊）的第一篇諷刺小說〈幸運的石頭〉就是在
> 《自由中國》登出來的。……當年有名的作家，如梁
> 實秋的《雅舍小品》所有的文章，吳魯芹的《雞尾酒
> 會》所有的文章，朱西甯的《鐵漿》，陳之藩的《旅
> 美小簡》，林海音的《城南舊事》等等，都是在《自
> 由中國》發表的。《自由中國》文藝版自成一格。我
> 在臺灣文壇上是很孤立的。

　　曾是國民黨籍立委、香港《自由人》三日刊重要成員
之一的胡秋原先生，和《自由中國》雜誌文藝版主編聶華
苓女士，等於是代表 1950-1960 年代對國民黨政府實施
「戰鬥文藝」政策，所提出的言論性批評，這也顯示「戰
鬥文藝」政策已經面臨挑戰與轉型的時刻了。（2022-08-
26）

167

第三部分
筆記陳奇祿文化建設

主編《公論報》「臺灣風土」版

1971 年，國際局勢的劇變，對臺灣的生存與發展產生很大的影響。1972 年，蔣經國先生的組閣，以「革新保臺」為號召，採取「吹臺青」本土化政策。除了啟用本省籍人士之外，尤其凸顯在國家的文化建設上。

1976 年，獲選中央研究院院士的陳奇祿先生，受到當時行政院院長蔣經國的重用，學優而仕，自臺灣大學文學院長轉任中國國民黨中央委員會副祕書長、行政院政務委員，並於 1981 年，擔任行政院文化建設委員會首任主任委員。

陳奇祿先生在其出版的《民族與文化》書中提到，他是 1947 年李萬居先生辦《公論報》，他接受李先生的付託擔任「臺灣風土」副刊的主編工作，當時他找來吳三連及詩人郭水潭等人寫稿介紹臺灣，日本學者國分直一、立石鐵臣的文章則由陳奇祿親自畫插圖。

亦即他自 1948 年 5 月 10 日「臺灣風土」創刊，一年後雖然他進入臺灣大學歷史系擔任助教，但仍兼編務至 1951 年 9 月到美國進修為止，編務才由方豪先生接任。陳奇祿先生在李萬居《公論報》副刊主編「臺灣風土」的這段情形。周伯乃先生回憶：

他和我談過，但不深入，應該是在（1943 年）他
上海聖約翰大學畢業後，（1951 年）還沒有去英
國倫敦大學唸書後；或者去日本東京帝大就讀後？
因為他在「聖約翰大學」是唸經濟學，在倫敦大
學、日本東京大學都是唸經濟學。1953 年，自美
返國後，晉升臺大考古人類學系講師。1966 年，
獲得日本東京大學社會學博士。他是進了臺大人類
學系，才開始做臺灣土著文化研究，在日月潭各地
走訪調查四年半的時間。所以，我想他從事臺灣土
著文化研究，應該是進臺大任教以後？他一直以臺
灣土著文化學者自居，也是他終身以研究臺灣土著
文化權威自居！

周伯乃先生繼續談到陳奇祿先生常常教育他：

當一個報紙副刊或文藝雜誌的編輯，要博覽群書，
才不會用錯稿子，或一稿多投的作品；而做學問，
就要專要精！譬如我研究臺灣土著文化，我是實地
到臺灣高山去調查，作出的論述；著書立說，從事
臺灣土著人類文化的教育，而且成為國際學者。至
於，陳奇祿先生主編李萬居先生的《公論報》「臺
灣風土」版，是臺大任教（1949 年擔任助教）以
後兼任的，我沒有問他，因為《公論報》副刊是周

素珊女史主編；周素珊（筆名畢璞）的先生林翊重
（又名林伊仲）先生，是林語堂先生三哥林憾廬先
生的兒子，在《中央通訊社》任職；住在臺北市康
定路《公論報》宿舍。

周伯乃先生特別提起，周素珊女史是廣東廣州市人，
講廣州話，他是廣東省五華人，講客家話。只是他會講一
點廣州話而已！廣東有三大語系：廣州話、客家話、閩南
語（我們稱為學（河）洛話）。周伯乃也談到他與《公論
報》的一段淵源：

那年代（民國 52-55）我也經常在《公論報》副刊
寫稿，以散文較多，所以與畢璞大姐時有交往，也
去過她家送稿、聊天，她待我如弟弟，可能是因為
她先生也姓周的關係吧！先父在香港逝世，親友們
還到臺北市善導寺辦了一場追思會，畢璞大姐、艾
雯大姐（先生是空軍）等都來參加唸經，包括陳奇
祿先生！

周伯乃提到，他在擔任陳奇祿副秘書長機要秘書之
前，就早已在國民黨所發行《中央》月刊，擔任副刊執行
編輯的工作，他說：

當年《中央》月刊；為了滿足海外讀者，又增編一份《中國》雜誌，我負責英文版，約稿、校對等工作，以及稿費開列、致送等。《中國》雜誌亦將近 15,000 份，不過發行方面，另由張其昀先生任中央黨部秘書長時，所開設的「中央文物供應社」統一發行。《中國》雜誌發行對象以香港、澳門，歐美等地區為主，國內很少人看到！

大概是民國六十五年間，蔣經國先生出任中國國民黨主席；秦孝儀先生調任中央黨史會主任委員；而陳奇祿先生接任中央黨部副秘書長起，我亦離開《中央》月刊，只聘為顧問；後來，《中央》月刊也轉交給「中央文化工作會」（周應龍先生任主任），並改版為八開版面世，同時增加「我們的」大型雜誌。這是我所知道的一些《中央》月刊及《中國》雜誌的事情！

陳奇祿擔任國民黨中央副秘書長，其所主管中央文化工作會的業務期間，不知可有特別重要的文藝政策或法案的規劃？周伯乃秘書回憶：

那時期是吳俊才先生任主任，副主任沈旭步與他接觸比較頻繁，好像沒有多少新的文藝政策推出來！1967 年 11 月 10 日，教育部文化局為中華民國第

一個中央部會級的文化事務專責機關，當時主管文
化藝術、廣播、電視與電影相關事務。

回溯攸關國家的文藝政策與實施，1967 年之後，已
轉由成立「中華文化復興運動推行委員會」（文復會）與
「國家文化藝術基金會」主導了。1968 年 5 月 4 日，蔣
中正總統就孫中山誕辰和中華文化復興節，提出「復興中
華文化，造成三民主義新時代，發揚倫理、科學、民主精
神，明禮義、知廉恥；貫徹三民主義憲政，從推廣廉能政
治開始，民生建設的要務在於發展科學；一齊搶救國家，
同胞，文化」。5 月下旬，中國國民黨為策進「當前文藝
政策」的有效推行，乃舉行「文藝會談」；邀集全國文藝
工作者四百餘人於一堂，對有關文藝各部門的重大問題。
1972 年，蔣經國院長提出：

從大處著眼，從實際重點著手，發展團隊精神，樹
立愛民、便民風氣；一切施政以發揚民族大義，奮
發民族精神為要，在三民主義旗幟下團結海內外人
士。

之後，更強調：

教育之道在於鞏固國本，行政之本在於為民服務，

　　共同努力創造純潔、樸實的社會。

　　1973 年 7 月 31 日，教育部文化局裁撤，廣播電視與電影事務主管機關改為行政院新聞局，部分文化藝術相關業務改由教育部社會教育司主管。社會民間逐漸才有了釋放出來的文化生機，興起了現代主義文學和鄉土文學的風潮。

　　由原本是國民黨一手主導的文藝政策，已從「戰鬥文藝」政策轉型，軍中轉為強調「革命文藝」，政府則轉為「中華文化復興運動推行委員會」的推動文化建設。（2022-08-29）

學優而仕的人生際遇

1972 年，蔣經國院長推動的本土化政策，一方面在啟用優秀的黨政人才，一方面也在學術界提拔專業人才，尤其對研究臺灣文化有成果的學者，陳奇祿教授在這學術專業的條件，當然成為蔣經國院長所重視的學者專家之一。當時，擔任陳奇祿秘書的周伯乃先生回憶：

> 民國六十四年（1975 年），五月蔣中正總裁崩逝後，（1976 年）蔣經國先生繼任中國國民黨主席，陳奇祿先生才從臺灣大學文學院院長借調過入中國國民黨中央黨部第一副秘書長（原是秦孝儀先生的職務）。主管中央文化工作會、青年工作會、財務委員會，以及各國政黨聯繫工作。那時他的臺大教授職務，尚未辭職！他進中央黨部任副秘書長，是李煥（錫俊）先生推薦的；因為，李煥先生任救國團主任時，陳奇祿先生已經是救國團的顧問。我是臺大外文系教授朱炎先生（小說家）推薦我去兼任陳副秘書長機要秘書。自後就一直追隨陳奇祿先生到行政院政務委員室秘書。

臺大外文系教授朱炎先生，之所以推薦周伯乃先生，

去兼任陳副秘書長機要秘書。周伯乃先生記述了這段人事
的經緯：

> 我與朱炎博士相識相交，而且成為莫逆之交，應該
> 追溯到民國五十八年，我主編《中央月刊》起；我
> 冒昧打電話邀請他給《中央月刊》撰寫一篇短篇小
> 說，他毫不猶豫地答應了，就這樣我們經常聯繫，
> 他也經常主動給《中央月刊》撰寫短篇小說！因為
> 《中央月刊》是計劃性的約稿，都是在三個月前，
> 就由國民黨中央黨部秦副秘書長孝儀先生親自主持
> 編輯會議；刊物出版後又開一次檢討會議。
>
> 因此，我們是採取特約及自由投稿兩種方式，選取
> 文章！據秦副秘書長告訴我們說：「蔣夫人很喜歡
> 看《中央月刊》！」所以，編輯們都兢兢業業；非
> 常謹慎處理刊物內容；包括文章中小小插圖，月刊
> 社敦聘有特約美術編輯。
>
> 由於《中央月刊》與朱炎先生認識、相交；成了好
> 朋友，除了平常時，在外相聚吃飯，偶爾也會在餐
> 敘後去卡拉 OK 唱歌。因為他很多朋友也是我們的
> 好朋友，如張寶樹秘書長辦公室主任莊惠鼎，就是
> 山東流亡學生，在南投實驗中學出來的，一起考取
> 臺大，只是不同系而已！
>
> 我和朱炎先生相聚在外面餐廳，而且我們每逢年節

假期都分別到家相聚，他比較喜歡喝酒，我不喜歡，但我存有很多香港親戚、朋友送來的好酒，加上內人會做一手好菜，尤其是每年春節前做的臘肉、香腸等等，外面市場買不到的！可能料理不同吧？有好幾個朋友都喜歡，如永和金陵醫院院長耿殿棟（山東人）、小說家許希哲……特別喜歡！每年冬天就打電話約內人做！

因此，我出版《古典與現代》論著、《影響人生的書》都為我寫序，他是不太替人寫序的學者！也因此臺大文學院院長陳奇祿博士出任中央黨部副秘書長時，特別約我同他相談後，推薦給陳奇祿先生（其實，據莊惠鼎先生事後告訴我，黨部有幾位同志想要做他的機要秘書，而張寶樹秘書長批准我！）

這時期國民黨中央文化工作會是黨的主導宣傳單位，仍擔負著國家文化政策的制定與執行的重要任務。記得當年文工會辦公室除了在林森北路之外，還有一個辦公室位在靠近臺灣大學羅斯福路與新生南路的附近。周應龍先生擔任文工會主任的時期，還在該處設立大陸資料與服務中心、三民主義資料與服務中心、文藝資料與服務中心（後來的文訊雜誌社）、政策與社會科學中心等單位的辦公室。周伯乃秘書指出：

> 國家文藝基金會原隸屬於文工會，文化建設委員會
> 成立後，才移交文建會！當時，總幹事是許鄧樸
> 兼，大部分事情都是尹雪曼在主持。移交給我後，
> 許鄧樸還要我撥 100 萬元資助《文訊》。

周伯乃特別提到他在陳奇祿副秘書長辦公室的事情，
令他對陳副秘書長與錢復先生的熱心助人精神特別有感。
周伯乃秘書談到：

> 錢復先生是我認識的高官極有擔當的官員，他任外
> 交部次長時，陳奇祿先生任中央黨部副秘書長時，
> 碰到一個燙手山芋；一位嘉義人，在美國任教，陳
> 先生邀請回國，並且陪同該校校長來臺訪問，結果
> 那位先生是警總有案「臺獨份子」，訪問結束後要
> 返回美國，警總不給出境証，且扣留他的護照，警
> 總說他未服兵役！陳先生親自掛電話給警總副總司
> 令，仍未核准，陳先生掛電話給錢復先生，他立即
> 答應第二天早上約在圓山飯店用早餐，用完早餐親
> 自送到機場，平安無事出境返美！

陳奇祿先生與錢復先生的這段秘辛，在錢復先生接受
李四端先生的訪問時，他還特別提到他們家與胡適的關
係，以及他與蕭萬長先生一起出席「博鰲論壇」的經過。

蕭萬長先生在中央組織工作會擔任主任時，雖然服務的時間很短暫的數個月，很幸運讓我可以有機會學習很多，後來他調經濟部長，再調經建會接錢復主委職位。臺北城市大學現成立有「蕭萬長財經名人講座」。

周伯乃祕書指出：

> 陳奇祿先生還有一手，小提琴拉得很好。這個秘密，可能很少知道？他也不說！書法好，是很多人都知道，只是不太送人書法；他的執筆方法也與很多書法家不同，而且練了一手從漢刻變體而來的書法！他給我寫了一幅全開的陸放翁的「舟山對月」詩；朱炎先生每次到我家，看到這幅字都很感慨。朱炎說：「我與陳先生在臺大共事那麼久；而且在中央研究院中美研究所；他是主任，我是副主任！你還是我介紹給他的……」哈哈！但陳先生只送他一幅對聯。

蔣經國先生在擔任院長、總統時期，特別重視人才的培養與任用，至今為人津津樂道就是「本土化」政策。就我個人而言，我本在臺南教書，當時臺南縣長楊寶發先生，他是經國先生「本土化」政策培養出來的優秀人才，我在他的鼓勵之下，才走向黨政之路。

到了臺北之後，我認識了在文建會服務的莊芳榮科

181

長，他常與我談起陳奇祿主委的臺灣土著文化研究，引發我對臺灣史與地方誌的興趣。近年來，我才有彙整出版了《臺南府城文化記述》、《流轉的時光——臺南府城文化風華》、《稻浪嘉南平原》、《紀事下茄苳堡》等書。

楊寶發先生在未返鄉競選縣長之前，他曾擔任臺北市民政局長，乃至最後公職的在內政部政務次長的任內退休；莊芳榮先生後來也擔任了臺北市民政局長，乃至最後公職的在國家圖書館館長的任內退休，這都與研究臺灣民俗文化的工作有關。

我認為這也多少是受到經國先生推動「本土化」政策的影響，亦可以說見證了中華文化建設的在臺灣的深植、生根、茁壯、開花與結果。（2022-08-30）

出任行政院政務委員

1969 年 6 月，蔣經國擔任行政院副院長，兼任國際
合作經濟委員會主任委員，及財經會報召集人，承擔起管
理政府各項重要政策的制定與實施，責任更重大了。周伯
乃主編回憶：

> 當年蔣經國先生任行政院副院長時，我在主編《中
> 央月刊》；特別要求我們製作一幅飛鷹翱翔天空的
> 照片，掛在他的辦公室！你聽聽這支保羅西蒙《老
> 鷹之歌（El Condor Pasa）》歌曲，你就知道他當
> 時充滿情感的心境！
> 老鷹特性一生的堅忍，與艱辛脫胎換骨的重生過
> 程，老鷹一生的年齡可能達 70 歲，它在 40 歲時
> 必須做出困難卻又十分重要的決定；當老鷹活到
> 40 歲時，它鋒利的爪子開始老化，無法有效地捕
> 抓獵物；它的喙變得又長又彎，幾乎碰到胸膛；它
> 的翅膀開始變得十分沉重，因為它的羽毛長得又濃
> 又厚；使得它飛翔十分吃力，昨日雄風不再。
> 它不得不面臨兩種選擇：一是等死，另一是須經過
> 一個十分痛苦的更新過程；它必須費盡全力奮飛到
> 一個絕高山頂，築巢於懸崖之上；停留在那裏，不

得飛翔，從此開始過苦行僧般的生活。……5 個月
後，新的羽毛長出來了；老鷹一生一次「脫胎換
骨」的工程便告結束；老鷹又開始飛翔，無限廣闊
的大地，再次成為它的天堂；它「重生」後，壽命
可再添 30 年！

蔣經國擔任行政院副院長時已經 59 歲了，如果以老
鷹 40 歲為它生命中的重要轉折，蔣副院長這時已是經過
「脫胎換骨」的「重生」年紀，可如老鷹般地又開始飛
翔，無限廣闊的大地，再次成為它的天堂。我想這是為什
麼蔣副院長當時特別喜歡聽著「老鷹之歌」的心境。

1978-1981 年期間，陳奇祿先生擔任行政院政務委
員，我後來讀陳奇祿先生的《民族與文化》一書。這書對
我影響很深，它是 1981 年 12 月，黎明公司出版。有關
這書的出版經過，當時擔任他機要祕書的周伯乃先生回
憶：

陳奇祿先生的《民族與文化》著作，是「行政院文
化建設委員會」（文化部前身）剛剛成立之前，他
在行政院任政務委員期間，我任其機要秘書，同時
我在《中央日報》副刊任執行編輯；我陸續讀到他
在臺灣各大報紙發表的有關中華民族在臺灣發展因
緣與特質；以及臺灣土著文化、臺灣的原始藝術，

和有關風俗文化的保存等等，而最重要的是在行政
院政務委員時，就邀約了當時中央文化工作會副主
任陳叔同先生、警備總司令部政戰部副主任徐梅鄰
將軍，在他辦公室商研經國先生交下來的有關行政
院要成立文建會方案。所以，引發他要將零星在臺
灣各報發表的《民族與文化》一書。

由於當時黨政軍的聯繫與溝通非常密切，加上平時
對於所屬相關的文化機構的互動良好，大家很容易
就建立起好的交情。當年我與「黎明文化事業股份
有限公司」總經理田源先生（小說家）聯絡，並且
說明陳奇祿博士有一部有關「民族與文化」的文集
要委託他公司出版。很快，田總經理就答應了。等
到「行政院文化建設委員會」成立不久就出版面
世，並送來一筆版稅。未幾，又送來再版的版稅，
我印象中好像再版了三版！因為，當年軍方每一個
連都有「連隊書箱」；陳設各種書籍、報刊、雜
誌，等於給官兵的精神食糧！

陳奇祿擔任政務委員期間，受命開始規畫籌辦「行政
院文化建設委員會」。秘書周伯乃記述：

教育部文化局沒有幾年，就被解散了！事隔好幾
年，暑假海外學人回國開座談會中，一再在大會上

提出要求政府成立文化部！一直到經國先生當選第
六任總統候第二年，孫運璿院長才把這個案子交給
陳奇祿政務委員籌辦創立「行政院文化建設委員
會」。

陳先生交代我分六批：文藝、音樂、美術、戲
劇……。在行政院，由第六組召集會議，請出席與
會人士討論出行政院要成立「文化建設委員會」的
構想與政策，大概規劃了半年，陳先生集思廣益，
綜合大家的意見，親自手寫計劃書，由孫院長向國
民黨中常會提出。

當天中常會通過！所以，才會造成陳奇祿先生，經
國先生原批定他去接任臺大校長未果，因為中常會
通過「文建會組織條例」當天；經國先生指示要陳
奇祿先生任「行政院文化建設委員會」主任委員；
臺大另外找人，才會有退休的教授虞兆中先生重返
臺大做校長三年！

陳奇祿擔任政務委員期間，同時與高玉樹政務委員、
李登輝政務委員，他們彼此之間的互動。當時，在陳政務
委員辦公室擔任秘書工作的周伯乃先生記述：

陳奇祿政委與李登輝政委沒有太多的互動，兩人都
是政務委員，在行政院三樓辦公室。大概一年多一

點，李登輝就發表臺北市長，而陳奇祿先生仍在行
政院任政務委員。反而，高玉樹政務委員與他偶爾
在一起聊天！不過，李登輝的秘書（雷秉章）倒與
我、李偉（李國鼎的秘書）；經常在一起聊天！我
順便說一下，雷秘書的命理學很精湛！李登輝在臺
北市長前期，我所見到的形象是謙虛、和藹！但他
任中國國民黨主席後的態度，不太一樣！

　　1972 年，蔣經國擔任行政院長的時候，高玉樹擔任
交通部部長；1976 年再度組閣，高玉樹從交通部部長下
來，蔣經國院長仍為他安排政務委員的職位，經國先生是
很有肚量，正如周伯乃秘書所稱讚的「這就是政治家的風
範！」

　　我在閱讀哈佛大學費正清研究中心研究員陶涵（Jay
Taylor）的《蔣經國傳》，林添貴先生的翻譯，在其所寫
〈陶涵《蔣經國傳》譯後感〉一文裡，林先生指出，高玉
樹對本書作者陶涵明確提到，蔣經國要為五〇年代臺灣的
白色恐怖統治負責任。假若高玉樹向陶涵的所言屬實，相
對蔣經國的對他接納，並安排職位一事，那高玉樹的此番
所言，未免有失厚道了。

　　又在之前發生的「雷震案」事件時，據史丹佛大學胡
佛檔案館東亞館藏部主任林孝庭引《蔣經國日記》指出：

　　蔣經國所督導的特務機關在「雷震案」中未對本土精英動手，絕非出於他對這些人物的尊重，私底下他對高玉樹、李萬居等人的評價惡劣，除把這批人冠上「反對派」帽子外，還認定他們「存心企圖藉外力以奪權」。……雷震與傅正被捕入獄後，小蔣嘲諷高玉樹、李萬居等人「唯利是圖，無惡不作，卑鄙下流」，稱他們打算以反對黨領袖自居，「實在是一種笑話，是一種邪惡。」

　　承上論，如果從威權主義的政治情勢而論，戒嚴時期的其中許多是非曲折，或許各有各的所持立場與評論，外人真難窺其境。畢竟政治是一門妥協的藝術啊。（2022-08-31）

鄉土文學論戰

1978 年，國軍文藝大會上，文工會主任崧秋和國防部總政治部主任王昇一致強調要發揚民族文化，也要團結鄉土，認為鄉土之愛，就是國家之愛、民族之愛，而停止了黨部與官方對鄉土文學的批判，讓鄉土文學在官方不置可否的態度下可以順利收場。

戒嚴時期，對於臺灣文藝的政策發展，陳芳明教授在其《臺灣新文學史》書中（上冊），對於「中國文藝學會」與本省籍作家和作品的關係，有如下評論：

> 中國文藝協會的權力結構與文學活動，最能反映臺灣本地作家的邊緣位置。以 1960 年的統計數字而言，文協的會員共有一千二百九十人，其中臺籍作家僅有五十八人。這個事實顯示，反共文學的書寫已建立了一個臺籍作家不容易介入的圈子。
>
> 再從文協的任務編組來觀察，該會成立了十七個委員會，包括……。其中最值得注意的是，1955 年成立的「民俗文藝委員會」，這個組織的工作其中有兩項包括「主張表揚臺籍作家之研究及執行工作」，以及「聯繫本省民俗文藝作家及工作者」。臺籍作家之所以需要表揚與聯繫，就在他們在中文

思考與創作產量方面極為稀少。即使有作品出現，也只是被劃歸為「民俗文藝」的範疇。

檢視戒嚴時期的對文學作品管制，例如：1963 年 4 月 23 日，林海音女士因為在《聯合報》副刊登了作家風遲的〈故事〉一詩，被認為是影射老蔣和國民黨，作者被判了 3 年 5 個月徒刑。林海音女士為顧及老東家立場，也就辭職了，轉而經營起「純文學出版社」，出版了許多文學作品，繼續擔任文壇舵手。也因為她為經營臺灣文學的盡心盡力，文學界都以「林先生」尊稱她。詩人的周伯乃亦有同感地指出：

> 戒嚴時期，再加上那些不懂文學的官員，像林海音女士的委屈事件太多，中央日報的總編輯薛心鎔還被有關單位約談；我的廣文書局出版的《中國新詩之回顧》（《自由青年》）月刊連載過的，照樣被查禁！

周先生大作《中國新詩之回顧》被禁之事，其原因為何？外界都會非常關心為什麼他的這部文學作品也還會遭受到禁書的困境？周先生談到他這本《中國新詩之回顧》被禁的原由：

因為，全書都是評論上世紀三四十年代的大陸詩人
的作品，近於「中國新詩發展史」；撰寫歷史，必
須忠於原著，而臺灣的詩人，只有紀弦、覃子豪兩
位詩人，是在大陸未異手前，寫過很多詩；紀弦用
路易斯的筆名發表；另一位是葛賢寧先生，但來臺
後，只寫了〈常駐峰的青春〉長詩；大概有六千
行，主題是歌頌蔣介石先生《青春永駐》！所以我
沒有寫他。

我寫文學評論，一貫的標桿是基於文學的本質、藝
術的特質、美學的創意以及哲學思維模式；所啟發
的基本原則下筆。所以，我畢生除了苦讀文學作品
（包括外國的純文學）；也涉獵很多哲學、心理
學、精神分析學……等等。尤其在評論「超現實主
義」、「躂躂派」、「未來派」……的現代詩，必
須援用精神分析學的方法才解讀到作品內涵！這也
是我一生治學的嚴謹態度！

　　我也請教了周先生，像林海音先生寫的《城南舊事》
是屬於鄉土文學的這一類作品嗎？周伯乃先生的解說：

　　　　是屬於自傳式的小說，她在北京成長，以自身的經
　　　　歷為背景；寫下自己所熟悉的故事！不算鄉土文
　　　　學！從地方文化的特性描述，例如沈從文的《邊

城》小說，可以說是一部代表鄉土文學的著作。他
是湖南人，寫的都是家鄉事為主！前幾年中國人得
到諾貝爾文學獎的莫言也是以北方的題材為主題的
小說！鄉土文學是打進諾貝爾文學獎的道路！關於
鄉土文學，我寫過好幾篇文章，在《自立晚報》副
刊及《中央日報》副刊發表，如：〈黃春明小說中
的鄉土情懷〉、〈朱炎小說中的鄉土意識〉。

其實，真正能代表鄉土文學的是大陸三十年代的小
說家沈從文的小說！戰鬥文藝隊，很早國防部政治
作戰部就成立了十一個隊，後來改成文藝研究會，
每年都編列經費給每一個隊運用，我擔任過「文藝
理論研究會」召集人！

蔣經國先生重視臺籍人士的本土化政策，對鄉土文學
也有一定程度上的影響。我頗認同徐復觀先生所謂的「臺
灣是小鄉土，大陸是大鄉土」的觀點。這是徐先生在鄉土
文學的論戰所提出的。周伯乃先生也認同這觀點，他說：

對，我也提出「鄉村文學與鄉土文學的差距！」徐
復觀先生的論點！在我印象中，徐先生好像是搞人
文哲學的？與香港牟宗三、唐君毅都是研究人文哲
學！當年，香港有一份《人生》月刊。香港除了
《人生》月刊，還有《大學生》雜誌、《中學生》

雜誌、《文壇》月刊（詩人、雕塑家，中國象徵派
創始人）；後來，盧森先生接辦，我也經常在上面
寫稿。《新思潮》雜誌；林語堂先生的女兒辦的
《讀者文摘》（傳說銷售十萬份，臺灣亦有賣！）

我認為鄉村文學是相對於都市文學而言，同時鄉村文
學和鄉土文學也是不能等同於本土文學，它們在文化主體
性的意涵上，和描述的對象是有差異的。當年，成功大學
蘇雪林教授常在《自由青年》發表文章，周伯乃回應：

> 我不太清楚？可能是早期的《自由青年》半月刊時
> 代，主編是政大教授呂天行先生，他夫人在行政院
> 秘書處文書科長！大概是民國 45-46 年間，我以帆
> 影筆名在《自由青年》半月刊發表過新詩，一首是
> 10 元稿費！《自由青年》以前是中央社工會的，
> 社工會下有《中國勞工通訊社》、《勞工》月刊、
> 《自由青年》半月刊。我在寫稿的時候，還是隸屬
> 社工會，在昆明街，樓上很寬大，社長是社工會鄭
> 副主任森榮督導的！

諸如：《聯合報》副刊主編林海音因刊登作家詩，
《中央日報》總編輯薛心鎔被有關單位約談，還有曾在國
民黨刊物《自由青年》月刊連載，後由廣文書局出版周伯

乃的《中國新詩之回顧》，在戒嚴時期都發生有過被約
談、被列禁書的情況，這也凸顯當年在黨國體制之下，政
治與文學之間的複雜矛盾現象。（2022-09-01）

珍藏陳奇祿墨寶

　　1988 年，解嚴後陳奇祿離開文建會主委，但仍繼續兼「中華文化復興運動推行委員會」秘書長一職，直到1991 年改任副會長才離開。當年，文建會主委陳奇祿院士強調：「希望大家把客廳的酒櫥改為書櫥；希望每一個家庭客廳都能掛一兩幅字畫！」令人特別懷念。

　　後來為何未再擔任主委，是李登輝換掉他，改由郭為藩先生擔任？根據周伯乃先生轉述：

> 是俞國華，不是李登輝。其中真正的原因，我不知道。因為，我離開已經兩年多了，但陳先生有一次為了邀請到國際畫展，陳先生親自去行政院俞院長辦公室報告，而俞國華連頭都沒有抬，陳先生再次說明此次畫展，俞國華只是抬了一下頭說：「沒有空」。這是非常失禮的事，陳先生親自和我說的事情經過！

　　周伯乃先生繼續談到陳奇祿與李登輝的交情，根據他的轉述：

> 李登輝很敬重他，文復會會長一向是總統兼任，嚴

家淦身體欠佳，力辭。按照規定要李登輝，但李登輝堅持要陳先生身兼會長！後來，離開文建會後，李登輝總統還親自要他籌組公共電視，並任命其為董事長。李登輝和陳水扁都很尊敬陳先生，「總統府」大樓的三個字是陳奇祿先生的墨寶。周伯乃先生珍藏陳奇祿先生所贈墨寶。

陳奇祿書法的「總統府」大門匾額題字，今已被列為國定古蹟。1990 年 4 月 17 日，《中央日報》登出羅任玲採訪陳奇祿的一篇〈書香・墨濃・琴韻——陳奇祿的多彩世界〉，其中所附上一張照片上附註指出，陳奇祿的書法筆勢蒼勁有力。

1990 年 12 月，「中華文化復興運動推行委員會」改組為「中華文化復興運動總會」（簡稱文化總會）；1991 年 3 月 28 日，經核准立案為社團法人的民間團體，總統李登輝兼任第三任會長，郝柏村、陳奇祿、陳榮捷為副會長。臺灣的文化政策進入關鍵性的轉型期。

1988 年，吳三連先生逝世後，吳氏子女為延續他生前關懷臺灣本土文化之精神，陳奇祿受邀與吳豐山、吳巖、吳知心、張炎憲、林美容、莊永明、許木柱、黃天橫、向陽（林淇瀁）等人共組「財團法人吳三連臺灣史料基金會」。1991 年 11 月，該基金會正式成立，陳奇祿先生被選為董事長。

　　說到曾任臺北市長的吳三連先生，李敖在其 1985 年 4 月，出版【李敖千秋評論叢書 43】《五十‧五十‧易》一書中，有篇〈「葉明勳秘件」書後〉（頁 1-16）。據李敖指出：「葉明勳秘件」是他下的標題，事實上，這是一封葉明勳上國民黨中央委員會的秘密呈文，底本由李敖輾轉獲得。

　　我根據〈「葉明勳秘件」書後〉一文，扼要引述這文提到當年《自立晚報》在李玉階主持的期間，曾經有過三次因為涉及「言論自由」而被處分的情事。

　　第一次是，1952 年 10 月 14 日，該報刊登〈孔祥熙行將返國，共赴國難〉消息一則，以被「追究來源」，該報迫不得已，忍痛以整理內部，於 1953 年 4 月 7 日起「自動」停刊七日。

　　第二次是，1953 年 10 月 10 日，國慶日當天，因該報刊登了記者寫的一篇〈雙十節花絮〉，大意說大家都看閱兵臺上的蔣總統，但有一個在看一位女士，這位女士坐在新公園牆頭上，露出了三角褲，竟以「記者文字失檢」的侮辱領袖罪名，以停刊三個月的嚴厲處分。

　　第三次是，該報刊登劉鶚公寫的〈說南宋〉，連載完畢，寒爵〈說南明〉上檔。後來，因〈說南宋〉出了專書，在《中央日報》登廣告，被蔣中正總裁認為，這種失敗主義的作品，怎可在復興基地上流傳。最後，導致李玉階讓出《自立晚報》部分股權，讓吳三連、許金德入夥，

形成三足鼎立，乃至於最後李玉階的交出《自立晚報》經營權。

我就〈說南宋〉出書的在《中央日報》登廣告，有無可能會引起高層不悅之情事。曾在《中央日報》擔任編輯的周伯乃先生指出：

> 這很可能，因為老先生很不願聽南宋的事，連給他的報告都要用正楷；而且都是用毛筆寫。所以，以前編《中央》月刊、《中央日報》副刊；都兢兢業業，猶如鍾雷說的：「心細如髮」。

《自立晚報》所涉及「言論自由」的最終導致內部改組，這是戒嚴時期政府嚴厲管制言論自由有可能發生的情事，也是我們現在處於解嚴之後能享有言論自由尺度的人民，很難以想像的。生活在現代自由民主社會的我們，當更加珍惜這得來不易「言論自由」的成果。（2022-09-23）

《勁寒梅香——辜振甫人生紀實》

　　1981 年 11 月，陳奇祿擔任文化建設委員會首任主任
委員。他任文建會主委八年期間，策訂和通過攸關重要的
文化法案，包括：1982 年，制定「文化資產保存法」，
以及 1992 年 7 月，通過的「文化藝術獎助條例」（也就
是 2022 年 1 月，開始實施「文化藝術獎助及促進條例」
的前身）等，來推動文化建設的工作，扮演著國家重要文
化政策推手的角色。

　　尤其陳奇祿主委以臺灣美術發展史為主軸，策畫「年
代美展」、「明清時代臺灣書畫展」，及「臺灣地區美術
發展回顧展」，開啟臺灣美術研究、展覽和收藏風潮。據
稱陳奇祿先生在日本東京帝大唸書時，還從日本留法畫家
角浩先生學畫，奠下日後素描的基礎。還有油畫、鋼筆畫
都畫得很好。

　　陳奇祿院士的臺灣學術文化研究，身處延續日治時代
東洋風格與戰後來自中國李濟等考古人類學風，專研臺灣
土著的物質文化；陳院士更是才藝兼備，書法、繪畫、刺
繡、音樂樣樣專精，獨具風格。曾任文建會主委辦公室主
任的周伯乃先生回憶：

　　行政院文化建設委員會於 1981 年 11 月 11 日上午

十時左右，在民生東路環球大樓 4 樓成立，由當時
行政院長孫運璿先生親自主持，陳奇祿博士出任主
任委員。我乃隨任行政院文化建設委員會陳先生辦
公室機要秘書，並兼任「中華文化復興運動推行
會」專門委員，後來調為十職等辦公室主任。
不久之後，「財團法人國家文化藝術基金會」亦由
教育部移交給文建會，由我代理總幹事。是年冬，
家父在香港逝世，我請了一個月喪假與內人、女兒
赴港奔喪，辭代理總幹事職，交由行政院文化建設
委員會第二處專門委員王志健（筆名上官予）繼
任。我就這樣一路跟隨陳博士，為國家文化建設推
動戮力，這是我從未想過的人生際遇。

　　陳奇祿主委在古蹟鑑定和維護工作上，非常有績效，
同時也受到外界的肯定。曾任文建會主委辦公室主任的周
伯乃先生回憶：

陳奇祿博士，對古蹟的鑑定，維護工作特別重視。
民國七十年十一月，行政院文化建設委員會成立
後，不久就領著莊芳榮一行，到全省各地去考察，
鑑定古蹟之年代、價值觀念；甚至到澎湖、金門、
蘭嶼等外島地區去作詳細的調查、鑑定；然後，回
來再開會討論，聽取各位的意見，作最後的裁決！

如補助辜家鹿港的祖厝之修建、保存，好像當時就撥發了 600 萬元臺幣；辜家的古宅，有著中西合併的風格，可以看出當年大家族的風範，屋裡的內外院及佈局；都會令人想像其不凡的風尚。辜家在臺灣算是大家族；近百年來，後世子孫亦是綿延不絕；聲望鼎盛！

先生在任內運用「國家文藝基金會」的利息，照顧藝文界人士，包括：戲劇、藝術、音樂的演出等；對文藝界人士的出版詩刊、叢書，甚至全集（《古丁詩全集》）等；作家住院期間的慰問、送慰問金等等不勝枚舉，實在太多了，無從寫起，但對詩人鍾鼎文先生向臺灣銀行商借到的宿舍，仿效居住美國的名作家聶華玲（原名聶華苓）創辦的「作家工作室」；在陽明山創辦「詩人工作室」（聘詩人向明先生主持）邀約有志於新詩創作的人士上山研究、創作！

如果我們可以這樣比喻的話，蔣中正總統之於張道藩先生負責推動的文藝政策，猶如蔣經國總統之於陳奇祿先生的負責推動的文化建設？曾任文建會主委辦公室主任的周伯乃先生說：

應該可以這樣說，因為老蔣總統和經國先生都非常

尊敬學者！陳奇祿先生很年輕獲得中央研究院院士，是本省人唯一的人文院士！陳奇祿先生在日本東京帝大唸書時，還從日本畫家角浩先生學畫，油畫、鋼筆畫都畫得很好。在行政院任政務委員期間，還在臺北市植物園「國立歷史博物館」開過畫展，孫運璿院長還親自去參觀！那時「國立歷史博物館」館長是何浩天先生！在我認識的長官，退休後得到最好福報的除了陳奇祿先生之外，還有二位就是錢復先生和秦孝儀先生！

陳奇祿院士在文化建設方面的特別貢獻，還有就是對於各族群文化保存，他在〈現階段文化建設的幾個問題〉一文中指出：

站在維護文化的立場上，我們希望保存的是有用的活文化，而不是價高而無用的骨董。

這是他早在 1980 年，尚未擔任文化建設委員會主委之前，就已經提出了複製博物館藏品，銷售給民間廣泛使用的新思維，強調文化建設就是要活的文化。是國內最早提出具有「文創產業」概念的人士。任文建會陳奇祿主委辦公室主任的周伯乃指出：

1990 年代，行政院文建會為中心提出影響深遠的社區總體營造理念與政策逐步在臺灣各社區施行，積極參與地方政府和民間團體的文化與社區社會重建工作，後來這項社區運動在臺灣蔚為風潮，成為近代臺灣社會政治與文化環境運動的一項特色。

陳奇祿先生為國家的文化建設做了奠基工程，扮演著重要文化政策的推手。特別是在他的才藝和鹿港辜家古蹟文化的維護上，讓我聯想起辜振甫先生來。我讀黃天才、黃肇珩合寫《勁寒梅香——辜振甫人生紀實》，既是紀實，書中有段：

「莫須有」判刑兩年半。一九四七年七月二十九日，臺灣戰犯軍事法庭庭長梁恆昌，對涉嫌「臺灣獨立」事件的辜振甫等人宣判，罪名是：「共同陰謀竊據國土」。許丙、林熊祥各判處一年十個月徒刑。許丙因年紀大，關了幾個月就釋放了。簡郎山、徐坤原，各處刑一年。辜振甫二年六個月，是五人中判刑最重、刑期也最長。主要是因為他在許丙家中舉行的會議中，宣讀安藤利吉轉告大家不要輕舉妄動，共同努力穩定人心，維持地方安寧的話，被列為主謀。

2018 年 12 月 24 日，《聯合報》有段報導：

> 一九四九年，辜顏碧霞（辜濂松母親）因資助文學
> 家、也是女兒的鋼琴教師呂赫若避難旅費，隔年遭
> 以「資匪」罪名被判刑五年，其名下高砂鐵工廠、
> 東勢糖廠、住屋及土地等家產全數遭沒收。其中，
> 高砂鐵工廠甚至成為「保密局北所」收押政治犯的
> 處所，辜顏碧霞當年也被關押在此。

承上述，對照陳奇祿先生在文建會主委任內的補助辜
家鹿港祖厝的修建、保存，更加凸顯了對於維護臺灣文化
古蹟陳主委的勇於任事。比較遺憾的事，當辜振甫先生晚
年進行與出版《勁寒梅香 —— 辜振甫人生紀實》傳記的時
候，正是辜振甫系與辜濂松系「寧靜分家」，及其集團下
達裕開發企業公司爆發財務危機之際。（2022-09-29）

客廳的書櫥與字畫

　　1977 年 9 月，當時行政院長蔣經國宣布，政府將在十大建設完成之後，繼續進行第十二大建設，其中又將選擇以興建各縣市文化中心為首要建設。建立每一縣市的文化中心，包括：圖書館、博物館、音樂廳，或演藝廳等。地方的各縣市政府遂於 1981 到 1986 年陸續興建，成為充實當地百姓生活與休閒活動的重要基礎文化建設。

　　1981 年 11 月，陳奇祿政務委員奉命擔任首任文化建設委員會主任委員，其中所推動重要項目就是督導完成興建各縣市文化中心的工作。1987 年，文建會在陳主委任內更提出「建立文化中心特色計畫」。該計畫在各縣市文化中心成立特色館，依據各縣市的人文歷史、傳統工藝、產業經濟等資源，以及發展的需要，將各地文化中心逐漸轉型，展現不同於中央主導下一體性文化內涵的各地方文化主體性。

　　曾任文化建設委員會主委辦公室秘書的周伯乃先生，針對當前臺灣社會與文化所發生的問題，在他尚未出版的《豐君隨筆》中指出：

　　　　最近在讀王尚義的《「從異鄉人」到「失落的一
　　　　代」》中，他提到一個安定的社會基礎，需要有統

一而穩固的價值標準——道德、宗教文化制約的存在。而如今，我們所面臨的困境是舊有傳統道德的式微，而新道德標竿又無力建立！形成一個分崩離析的混亂社會；為政者，貪婪無厭，造成社會貧富差距愈來愈大。在這貧富差距擴大的情況下，窮人因飢餓而搶劫、偷竊，以至殺人、放火，更甚者是傳統道德式微，招至只為區區之數而遭到滅親慘劇。再加上傳播媒體誇大宣染報導！

另一種導致社會墮落的原因，是教育的偏差，過份重視金錢價值，缺乏人文精神的培養！遠在四十年前，行政院文化建設委員會創立之初，陳奇祿博士就特別強調希望大家能把客廳的酒櫥換成書櫥，希望客廳裡掛幾幅字畫；這就是要讓自己及下一代能夠直接感受到文化的氣氛！

如今，面臨到中華民族傳統文化的淪亡，新時代的文化又不足於導向善良社會風俗走向？雖然人民有了民主、自由，自我意識的形態，絕多數的人民，尚不知民主、自由的真諦！還盲目地認為自己作主就可以為所欲為，不顧慮他人的權利與尊嚴，刻意踐踏、剝奪他人的權益！造成一種只要我要有什麼不可以，滿足自己的私慾！因而，破壞了人與人之間的和諧相處之道！

戰爭是野心家自我意識的作祟，心中只有自己，沒

有別人，更缺乏人類需要和諧相處，共同努力發展
的生存環境，人與人之間，只要競爭而不是要鬥
爭！如果世間多一點文學藝術人文人才，或者政府
多重視文化教養，使人與人之間相互尊重，減少暴
力，也許這個世界就會真正邁向和諧幸福而歡樂的
世界！

陳奇祿主委重視各縣市文化中心的成立特色館，就
是希望達成中央文化建設主導下的展現各地方具有
文化特色的目標。陳主委是研究臺灣土著文化的院
士，他對於臺灣族群文化的專業素養，和獨到的見
解。

　譬如在尊重族群和諧和文化上，當時的陳主委尚在執
政黨中央黨部擔任副祕書長的職務，周伯乃先生回憶起
1977 年桃園縣長的選舉，發生在中壢地區選民焚燒警察
分局警車的抗爭情形。當時就在陳副祕書長辦公室擔任祕
書工作的周伯乃指出：

　　中壢事件，陳副祕書長奇祿先生曾提出他的觀點；
　　桃園是客家人、閩南人各佔百分之四十左右，而另
　　外一部份是大陸來臺及土著民族（一般人稱之為高
　　山平地族群），所以不能提兩個都是客家人，一定
　　要提出一個閩南人來，才有勝算機率！當時許信良

與歐憲渝（出身司法調查局）都是客家人！

1983 年，當時負責臺灣省政的李登輝主席，在 7 月 30 日【中國文化與現代生活講座】演講〈田園之樂〉中指出：

> 臺灣是個小島，是中華民國復興基地；在臺灣這個小島上，整個國家社會的安全，社會的基礎，應該以農業為基礎。要建立有信心的農民，對自己的工作有信心，對農村有信心。同時也要建立有層次文化的農村，有現代化技術的農業，配合美麗的農村自然景觀，這就是未來的「田園之樂」，是臺灣省政府農業政策的一個目標。

周秘書提到王尚義的《「從異鄉人」到「失落的一代」》，那正是 1970 年代前後的臺灣社會普遍出現迷惘、徬徨等問題的時期。我記得自己生平第一次發表的文章，篇名就是〈從王尚義到野鴿子的黃昏〉，也正代表著屬於那個年代高中青年的心態。更加凸顯當年蔣經國院長、李登輝省主席，和陳奇祿主委對於強調各地方文化建設的重要性。

也讓我們深切了解當年文建會陳奇祿主委為什麼強調客廳的酒櫃要換成書櫥，與為什麼客廳要掛上字畫的高瞻遠矚了。（2022-10-24）

第四部分
對話周伯乃文學風華

詩是文學中的精華

1949 年 5 月至 1987 年 7 月的臺灣戒嚴時期，我們從政治與文學的關係來做分期，如果從政治學理論的講法，可以將其分為蔣中正總統的硬式威權主義的階段（1950-1974），與蔣經國總統的軟式威權主義的階段（1974-1987）。

如果就當時臺灣文藝政策的發展變遷，凸顯在 1949 年 5 月 20 日零時起戒嚴，至 1958 年「八二三」炮戰結束之間的「反共文學」階段，過渡 1958 年至 1972 年蔣經國出任行政院長之間的「戰鬥文學」，乃至期間已逐漸興起的「女性文學」、「現代主義文學」，和「鄉土文學」等的百家爭鳴。

1981 年，文建會成立之後，隨著社會民主化、本土化，各種雜誌與各類作品的爭相出版，乃至 1987 年 7 月 15 日解除戒嚴，和 1992 年廢止《動員戡亂時期臨時條款》的撤銷警備總部，以及修訂《刑法》第 100 條之後，建立起臺灣言論自由的社會。曾擔任新詩學會副理事長的周伯乃先生，談起他為什麼會走上新詩創作這條路。他說：

「詩是文學中的精華」，會走向新詩這條路，實在

是喜愛詩的情感與真摯，詩人創造一首好詩，固然不易，而讀者要想瞭解一首詩，也同樣不易，必須具有詩人同樣的智慧，和詩人一樣苦心焦慮，始能挖出詩裏的內涵力，對讀者做一橋樑；這期間受名小說家王璞之邀，繼續在《新文藝》月刊撰寫「現代詩欣賞」，精心描述如何對現代詩的欣賞，並詳細剖解詩的具象與抽象，外涵與內涵，及詩與人生的意義等等。

周副理事長繼續談到，他如何開始撰寫中國新詩評介的一段經過：

我寫中國新詩評介，是遠在民國 53 年，楊品純（筆名梅遜）先生主編《自由青年》半月刊始；有一天他交給我一本厚厚的新詩手抄本，有關中國三四十年代的中國大陸詩人的詩作。我回家細讀後，認為有向臺灣喜愛新詩的讀者介紹的必要性！
我乃從胡適的白話詩開始，每期寫 4,500-5,000 字之間，對中國新詩的剖釋，〈什麼是新詩〉開始；〈初期的中國新詩〉、〈論小詩的興起與沒落〉、〈論新月派的詩〉、〈論中國象徵派的詩〉（象徵派的詩，是移植於法國象徵派而來）、〈論現代派的詩〉、〈三十年代的詩〉、〈抗戰時期的中國新

詩〉……。

民國五十八年五月間，彙集成冊，約有 18-20 萬字
印刷出版、面世！不久之後，竟遭到行政院新聞局
出版處查禁！什麼時候開放發行？我不清楚，據廣
文書局工作人員告訴我：「國家圖書館」有這本
書；同一時期，國防部隸屬的「新中國出版社」，
名小說朱西寧先生透過詩人沙牧先生介紹我；在他
主編的《新文藝》月刊寫一個專欄。

這個《現代詩的欣賞》，寫了很久，一直到小說家
王璞先生接編多年。每期約撰寫 8,000 字左右。後
來，結集成冊；送給三民書局審核出版！書局老闆
劉振強先生派人送來三萬元臺幣（那時算是高版權
費！我記得在臺北市南京東路五段寶清街婦聯五
村，買一棟平房才 85,000 元）。

這本書也非常暢銷，大概是因為我在「空軍廣播電
臺」與徐箴小姐共同主持「文藝沙龍」節目中將這
本書介紹過；而最主要原因是高雄師範學院江聰平
教授、臺中靜宜文理學院楊昌年教授給同學們介紹
作為輔助新詩教材！使這本書年年再版，已經到了
第六版！

　　周副理事長談到胡適的白話詩，讓我聯想起 1970 年
至 1974 年間，我在輔仁大學念書的時候，當時在文學院

圖書館閱覽室第一次見到覃子豪先生寫的詩集，我喜歡他那帶有 1930 年代胡適、徐志摩等人寫詩的風格。我幾乎愛不釋手，連續好幾天都到圖書館閱覽室或站或坐著閱讀。

因為，當時輔大圖書館閱覽室的參考書類，或剛到展示的新書是不外借的，既不能外借，我又沒有多餘的錢，來買這套《覃子豪全集》。想到家裡寄給我的生活費，我必須省吃儉用，也努力寫稿賺取零用金，買得了胡適、徐志摩的書已是萬幸了。周副理事長回憶到他與覃子豪先生的交往情形，有如此的記述：

> 我與覃子豪先生相交、相識，是在民國 51 年間，我住在景美溪洲街，他一個人住在新生南路二段；而我也有一間空軍單身宿舍在新生南路二段 81 號；偶爾也會在那邊住宿。為了早晨乘搭交通車方便。那時，我尚在空軍通信大隊，工作在松山基地塔臺上班，維修電動打字機及通訊設備！
> 覃子豪先生和紀弦先生、鍾鼎文先生三人；算是在大陸時期就寫新詩的詩作者，不過鍾鼎文先生亦常寫些中國傳統詩！談到覃子豪先生，說是臺灣中國新詩播種者！我在《新文藝》月刊的【作家論】專欄中介紹過他；在《自由青年》月刊中亦評論過他的《畫廊》一書。他是四川廣漢縣人。他說：「我

沒有美麗的童年，我的童年是像一條小小的河；河
裏浮動著白色的浪花，自己聽著浪花幻滅的聲
音⋯⋯」覃子豪先生自幼就喜歡幻想，喜歡沉思，
喜歡獨自一個人默默地沉思，思索他自覺不快樂的
童年！這是他後來會走向寫詩、畢生為新詩奮鬥的
潛在力量！陶希聖先生說：「新文學（含新詩）是
激起民族覺醒與個人覺醒的潮流！」

覃子豪先生出過不少詩集：如《生命的絃》、《海
洋詩抄》、《向日葵》、《畫廊》⋯⋯等等。我個
人比較喜歡他的後期的《畫廊》，而且我在《自由
青年》月刊的【新詩欣賞】專欄裏評論過他的《畫
廊》。這本詩集，也可以窺見他從抒情轉為理性的
創作走向！他除了不斷的提煉、壓縮他的詩的語
言；也不斷地創新詩的意象。

他曾經說過；「詩必須有本質、形式、音樂性；而
且要有意象、意境；以及深度、厚度、廣度、密度
等等。」而創作方法上，必須援用象徵的手法，以
予呈現出詩的境界，如傳統詩人喜歡用的賦、比、
興一樣。他說：「詩的本質；是詩人從主觀所認識
世界的一種意念；這意念是一種情緒的昇華狀態，
是從許多剎那間的形象所塑造的凝塑，是具有渾然
美的意境之完成！」他又說：「詩尚未借外在形式
的表現，而內在本身就具有真和美的創造；以及從

詩人思想中無意識流露出來底善啟示！」

周副理事長追憶：

覃子豪先生於 1963 年秋罹患肝癌，住在臺大醫院，我與詩人辛鬱（宓世森）、楚戈（袁德星）、西蒙（覃先生的學生）等人輪流在醫院照顧；鍾鼎文先生也常常來探望他。我印象最深刻的是，有一次請西蒙去替他買滷鴨頭，他啃得津津有味；有時我也會請內人陳夏江做點覃先生喜歡吃四川味的「辣椒炒牛肉絲」之類的菜送到醫院給他！

覃先生辭世的時候，我不在場，是 1963 年 10 月 10 日，但他出喪的時候，在南京東路一段「極樂殯儀館」；鍾鼎文先生先拿出一萬元臺幣辦理覃先生喪事，令人敬佩！那年代 10,000 元新臺幣是很大的，我的空軍薪水，一個月才 300 元左右！一萬元等於是我兩年半的薪資，當然，那時軍人，每月有固定的米、油配給；每月只要付房租、水電、煤球、買菜錢就好了！所以，我必須拚寫稿，每千字可以領到 30-50 元不等。而最使我感激的是臺中商專教授蔡興濟先生，每月固定在郵局撥給我 200 元稿費，邀我在他主編的《文苑》月刊，撰寫新詩及《論現實主義》一書連載！

　　我閱讀《論現實主義》一書，看到書上還有請考試院院長、也是詩人的莫德惠先生題字，彌足珍貴。我平生對詩人充滿敬意，雖然我不常寫詩，也寫不好。但當年我正談戀愛的時候，偶爾也會學學胡適的「打油詩」，和覃子豪的「自由詩」。人說：「戀愛的時候是詩人；失戀的時候是哲學家」，我總是認為詩人是情感最豐富的。

（2022-09-05）

戰鬥文藝詩人的年代

覃子豪先生在《論現代詩》中的〈新詩向何處去〉特別指出，思想產生於理性，抒情是情感的昇華，理性來自腦中，情感來自心境，是人類的本性。詩無論進步到如何程度，抒情不會和詩絕緣，除非人類的情感根本絕滅。我喜歡覃子豪的詩，正因為他的抒情詩，讓我感受情感的永恆，是至真、至情、至愛、至善、至美的表現，我想應是古今中外皆是吧！

當年，我的大學生年代是多麼受到以下的話所震撼：「不從友誼和愛情的富刺激性的生活中吸取詩的源泉，我就不能寫出令讀者愛好的詩來。」我想把「讀者」兩字改寫成「自己」。

回想我自己在 2021 年出版《稻浪嘉南平原》書裡，收錄的〈詩的記憶 —— 覺來無處追尋〉，正是我寫於 1970 年代中期的作品，那是我對友誼和愛情的充滿詩憧憬的年紀。周伯乃先生談到他與詩人鍾鼎文之間的互動：

> 鍾鼎文、紀弦與覃子豪三人，都是上世紀三十年代的詩人。鍾先生是第一屆國大代表；新舊詩都寫，早年《聯合報》任主筆「黑白集」經常可以看到他尖銳的評論。他是安徽舒城縣南港鎮人。民國十八

年考入上海公學大學（胡適曾經擔任過該校校長）經濟系；1934 年留學日本京都帝國大學。

來臺後，曾與覃子豪、紀弦在《自立晚報》開創《新詩周刊》，開啟臺灣新詩運動。後來又與覃子豪先生共同創辦「藍星詩社」；並出版「藍星詩刊」。其實，1951 年，鍾先生就邀請紀弦、葛賢寧共同創辦《新詩周刊》，1954 年又與覃子豪、余光中等人成立「藍星詩社」。

1967 年籌備「中華民國新詩學會」；推選其為首任會長，不久之後，又發起籌組世界詩人大會；第一屆大會在菲律賓召開，鍾雷先生亦出席此次會議；第二屆是臺北市舉行，約有 200 多位詩友，浩浩蕩蕩，並邀請傳統詩人張維翰、陳逢源、李建興、何南史、易大德、王大任等近百人；而新詩人也近一百人與會！

嚴副總統家淦先生特別致賀詞：「今天參加大會的諸位女士、諸位先生，都是文采出眾，享譽全球，以如椽之筆，寫下不朽的詩章，其創作也是語言的熔煉、智慧的結晶，和正義的吶喊，表現了真、善、美的內涵，用能傳誦一時，感人深遠！」

接著又說：「今天所面臨的時代，是一個充滿危機的時代；也是一個充滿希望的時代。當前舉世動盪不安，使部分人士迷惘。其實，今日的問題，就是

正義對邪惡之爭，自由對奴役之爭，亦即是光明對黑暗之爭。這場鬥爭，以思想為主力，而文藝是主力中心前鋒，而詩歌又是文藝裡的花果。詩人的心志與時代息息相關，不能忽視現實；無法離開生活，其所擔負的時代任務，是何等重大！又是何等神聖！」這次大會是以「宏揚詩教，促進大同」為主柱，獲得世界各國詩人的認同，可以說非常成功詩人大會。

鍾先生在中國大陸時，就以「番草」筆名寫詩，著有：《雪蓮謠》、《山河詩抄》、《行吟者》、《三年》、《橋》等。他獲得「世界桂冠詩人」的頭銜，他的舊詩也寫得很好！鍾先生的新詩比較明朗，但他畢生致力推動新詩運動，是不能抹煞的事實！這是可以見諸於史冊。他活到九十九歲嵩壽，2012 年 8 月 12 逝世於臺北榮民總醫院；在第二殯儀館，親臨的詩人、國代、親友數百人！

另外一件事，也許很多人不知道，他有陸軍少將銜；在南京時，在中國國民黨中央黨部秘書處處長，夏正祺知道這件事，但沒有事略寫這一筆，鍾先生告訴我的這段經歷，也和遷來臺灣後，曾任中委會秘書室（處）副主任的夏正祺見過多次面、餐敘！

　　1982 年 5 月，由爾雅出版社發行金仲達編的《野馬停蹄──司馬桑敦紀念文集》，書中有篇鍾鼎文寫〈過洛杉磯・悼王光逖〉詩：

　　……於是只得／匆匆地，與親愛的祖國告別／一別倏忽三十年；悠悠的歲月／都付予天涯、海角／縱然不是淪落，也是寂寞／在這大時代的悲劇中，你我／扮演著同樣的角色。／一枝筆，醮著淚，寫／醮著寫，寫；寫、寫、寫……／為中國的苦難申訴／為中國的希望呼籲
　　※※※
　　數不清多少次臺北小聚／記不起多少次東京小酌／只記得：去年，八月／西風裏，三藩市／海外重逢，握手互慶／故人別來無恙
　　※※※
　　再來三藩市，未親風貌／趕到洛杉磯，但聞噩耗／漫道：天涯到處可埋骨／這裏是異邦，不是故鄉／不是故鄉的土地，只收屍骨，不收魂魄／魂魄應該化作／鶴，飛回故國，飛回故鄉的城郭／莫作異國的杜鵑／夜夜哭泣

　　鍾鼎文在文中，還提起他任《聯合報》主筆，光逖兄，筆名司馬桑敦，任臺北《聯合報》駐東京特派員，他

們有同事之雅。我記得司馬桑敦由文星書店出版的《扶桑漫步》，是我青年時期喜愛的一本書，猶如余阿勳的《日本文壇散記》，都是我漂泊在外，旅行袋裡經常攜帶的詩文書籍。

1968 年，司馬桑敦的嘔心作品《野馬傳》，孰不知竟會因「挑撥階級仇恨」遭致查禁。公文函由當時《聯合報》副社長劉昌平先生，轉來中國國民黨中央黨部第四組陳裕清主任，為內政部查禁《野馬傳》，不禁令人感受戒嚴時期管制出版自由的權威壓力。

讀覃子豪、鍾鼎文的詩，讀司馬桑敦、余阿勳的散文，都讓我震撼於他們書寫大時代的氣勢，感動於至情大愛的流露，更堅信了愛情的力量有多大，詩文的力量就有多大。（2022-09-06）

戰鬥文藝的朗誦詩歌

　　戰鬥文藝詩人的年代，我們談了覃子豪、鍾鼎文等二位詩人之後，周伯乃先生又談了另一位詩人，也就是所謂「現代派」主角之一的紀弦先生。他說：

　　紀弦（本名路逾），上世紀三四十年代；在大陸就寫詩，以路易士、章容、青空律筆名在《現代》雜誌上發表。《現代》雜誌是以「現代書店」而來；是由戴望舒、施蟄存、戴杜衡、何其芳等人所創辦的雜誌，由葉靈鳳主編。內容有小說、散文、詩；應該說是一本綜合性的文藝月刊。

　　1949 年，紀弦先生隨國民政府來臺，任「成功中學」老師；開始與覃子豪、葛賢寧、鍾鼎文……，在《自立晚報》的〈新詩周刊〉上發表新詩。在這之前，應該說到 1940 年 4 月間，由張道藩先生領銜倡導成立的「中華文藝獎金委員會」，激勵起文藝作家、詩人的民族意識！當時，以高額的獎金鼓勵詩人創作具有中華民族意識的新詩：當時獲得該項獎金的有紀弦、鍾雷、上官予、王藍、蔣國楨、瘂弦……等人。相繼才有「中國文藝協會」、「青年寫作協會」、「婦女寫作協會」的成立；掀起一

風潮，促使《文藝創作》月刊、《自由青年》半月刊、《野風》月刊的風行！

我讀到紀弦先生的第一首詩，是民國三十九年秋，標題是「先知的手杖」；「昔日，在低潮，當你們濃睡時／我用手杖敲擊著大地，引吭高歌／荒原上，我是個風度的獨行者／西沉的太陽把我的影子投得修長。」這首詩，一共有四個章節，以他慣用的自由詩的技巧，表現出具有濃厚的哲學意涵的詩。

紀弦先生畢生除了教書；就是寫詩，是臺灣出版詩集最多的詩人。著有：《易士詩集》、《火災的城》、《三十前集》（以上都是大陸出版的詩）。來臺後第一本詩集是 1954 年出版的《摘星的少年》，繼而出版《隱者》、《狼之獨步》、《檳榔樹甲集》（共有十集）、《紀弦詩拔萃》、《年方九十》等等。

我們談了「戰鬥文藝」詩人，或許也可以談談之前的有所謂「反共文學」詩人嗎？周伯乃先生說：

「反共文學」詩人？很難認定。如果說「戰鬥詩人」，應該是我《中央》月刊的同事王祿松。王祿松詩人，是三傑作家，不但詩寫得好；也擅於書

法、繪畫，可以說是三傑作家！王祿松先生特善於寫具有剛性的詩。他對我說：「他是鐵血詩人！」民國 57 年起，都在詩人、劇作家鍾雷先生的麾下任《中央月刊》編輯；王祿松主編傳統詩詞、繪畫；而我主編文藝版，可以說是「並肩作戰」為《中央月刊》效命！

王祿松自己也說：「我是鐵血詩人！」他的詩特別具有剛性，也擅長寫長詩！我讀過的長詩不多，最早是民國四十二年，在岡山空軍通信學校圖書館，讀過蔣國楨先生的〈庫什米忠魂〉，說是最早得張道藩先生創立的「中華文藝獎」的作品；後來讀到小說家趙滋蕃先生的〈旋風交響曲〉，總共 14 章，約 8,800 行的大型劇詩，猶如莎士比亞的劇詩，是我看過的中國最長的劇詩！1954 年 3 月在香港亞洲出版社出版！趙先生說：「這是經驗、知識、悟性、智慧、情感，融滙成的詩！」附帶說一下，民國 56-70 年間，我倆共事在《中央日報》副刊組，他任撰述委員、我任執行編輯；幾乎天天晚間都在一起！

回過頭來談王祿松先生的詩，我認為他的詩是自現實平面上窺視那遼闊的境界，自時代的尖端，透視人性的真性情！他像一個時代的號手，又像戰鬥序列裏的尖兵，他拿著號角，荷著槍，在戰爭的最前

線；吹響戰歌：「我慷慨地扭斷了心弦狂奏出大悲泣／我撫摸著槍的臂膀，熱吻著戰馬的櫻唇／在心的頑石上，我用熱血磨亮鏗鏘的詩句／復在大軍旗的投影下長嘯一世紀的征歌！」詩人的磅礡氣慨，具有勇士們待發的激情與壯烈，像一位跨著戰馬、披著甲冑、帶著頭盔、荷著槍；即將出征的軍人！

　　我在詩人文曉村《橫看成嶺側成峰》一書中，也讀到1950 年代初期，對民心士氣鼓舞最大的，也是朗誦詩。1960 年代之後，朗誦詩作品最多，也最受讀者喜愛的，首推被譽為鐵血詩人，或戰鬥詩旗手的王祿松。

　　詩人文曉村先生指出，何以王祿松先生的作品，在朗誦方面，能夠廣受讀者的青睞？可能是他作品特有的，那種強烈的大我之愛和節奏感，最易引起讀者的共鳴吧。（2022-09-07）

鍾雷、田原的逸事

　　周伯乃先生談到他先後服務於《中央》月刊，「文建會」時期的與鍾雷先生的交往經過。他們二人的從惺惺相惜，和保持密切的互動情形。曾擔任《中央》月刊編輯，和出任「文建會」主委辦公室秘書的周先生說：

> 鍾雷（本名瞿君石，1918-1998），文壇稱他「十項全能」；他能寫新詩、傳統詩（一般人說舊詩）、小說、散文、劇本、金石、硬體書法……等等。我與他相識、相交；是在民國五十三年春，有一次菲律賓華僑，也是小說家許希哲先生，在中華路（西門町）「致美樓」請吃涮羊肉，記得有穆中南、王藍，臺灣演員高幸枝等人。自後，我們也經常會小聚。一直到民國五十七年，《中央》半月刊改版為月刊，內容也完全改為一本綜合性的刊物，不再是黨八股的宣傳刊物。
>
> 於是，鍾雷先生打電話向我邀稿，我那時尚在香港亞洲出版社臺灣分公司任職。他向《中央》月刊督導人秦孝儀先生建議；《中央》月刊要增加編輯人手。不久之後，我與王祿松、吳建民都進入《中央》月刊特約編輯，一直到六十年左右；中常會通

過《中央》月刊增加三人的人事編制，變成正式助理幹事任用。

在《中央》月刊不到四年，鍾雷先生調升為社長，總編輯一職，由副總編董樹藩先生擢升。1975 年 4 月 5 日總裁逝世，蔣經國先生繼任黨主席，隨即改組，臺大文學院院長陳奇祿借調來黨部任第一副秘書長；朱炎博士推薦我出任陳先生機要秘書；而鍾雷先生早已調任國父紀念館「孫逸仙圖書館館長」。但我們還是常常有聚會、餐敍。

民國七十年十一月十一日，行政院文化建設委員會成立之前，我向主任委員推薦翟君石（鍾雷）先生借調來任二處處長，陳先生要我親自去黨部邀請他來「行政院文化建設委員會」；他因為年紀的關係，任二處處長不久就辭職，回中央黨部辦理退休。

鍾先生退休後，還經常寫詩；在我執編的「革命實踐研究院」所轄的《實踐》月刊發表新、舊詩；而且都用硬筆書法！他的獨生子翟璽在中視記者，後來，擢升為新聞組組長，已經退休，常常在臉書上與我有聯繫，也已經做了外公。

我特別請周先生是不是可以順著接下，談談小說家，同時也是出版家田原先生的如何從認識、交往經過，到田

原先生所主持之下黎明文化公司的管理經營情形？周先生
回憶：

小說家田原（本名田源），山東濰縣人，民國十六
年出生（1927-1987），算是英才早逝，因為酗
酒，常常喝得酩酊大醉，不省人事。在大陸時期，
曾從事警察工作；1949 年隨軍撤退到金門，不久
進入陸軍工作。我們相遇相識，應該是民國五十五
年間，他任國防部政戰部第二處上校副處長時期。
我有一篇散文〈陽光〉獲獎；國防部政戰部主任唐
守治上將親自在延平南路「三軍軍官俱樂部」明德
廳頒獎，而田原先生以工作業務有關在場，晚餐時
向大家敬酒，田原先生過來向我敬酒，彼此交換了
電話號碼。那時，我尚未退役，仍在松山空軍基地
負責電機、電動打字機維修工作。

自此之後，我們經常和菲律賓華僑蘇子、許希哲他
們在一起聚餐、喝酒；而且都是喝法國白蘭地烈
酒；有時也會邀《文壇》雜誌社社長穆中南（筆名
穆穆）參加；但他們兩個都不太會控制自己，常常
喝到酩酊大醉。王藍、巴英懷（警察出身）、許希
哲等人就比較會自我控制！

田原先生算是多產作家，他是專攻長篇小說，著
有：《朝陽》、《這一代》、《松花江畔》等三十

三部小說，可以說是多產作家！他可以算是鄉土文學作家；也算是現實主義作家，小說本身也許是虛構的人物、故事；但讓人讀來是非常有真實感、親切感。

民國六十年間，國防部政治作戰部主任王昇將軍，授命其籌備黎明文化事業有限公司，出任總經理；公司設在臺北市重慶南路一段 49 號，除一樓作門市部，二樓三樓都是編輯部與財務部在運作。後來，在信義路建築了 12 層的大樓，同時，也逐漸擴展香港、新加坡、美國等市場，開設分公司。

田先生原本邀我去香港九龍彌敦道分公司任經理，因為田先生知道我父母都在香港，且我的遠房叔祖周有先生；是太平紳士，具有 MBE 頭銜，且富有；結果未成行。仍在中央黨部執編《中央》月刊及《中國》雜誌（海外版）！

田原先生對黎明文化事業有限公司最大貢獻，除了出版很多類書籍，拓展國際市場，到處設門市部銷售書籍以外；邀請了一百多位國內作家，出版了一百多位作家的自選集。我個人亦被邀出版《周伯乃自選集》。

黎明出版公司對我拙作的出版，是我非常重要書寫人生的起頭，我最先開始有單行本的著作就是在該公司出版

的《為有源頭活水來》和《臺灣政經發展策略》。

　　《為有源頭活水來》是我在《臺灣日報》撰寫專欄文的彙集，後來被選入國防部所屬單位的「青年文庫」（筆名陳天授）。《臺灣政經發展策略》是政論性的學術論文，對我後來的審修著作有很大的幫助。這是我在這裡要附加記述與黎明公司的這一段寶貴的記憶。（2022-09-08）

吳東權、趙滋蕃的軼事

　　記述覃子豪、鍾鼎文和紀弦等三位詩人作家之後，我請教周伯乃先生，可有熟識其他的作家與文學作品。他談起與吳東權和趙滋蕃等二位作家，也都是同好，彼此互有交情。他先談起吳東權先生說：

　　吳東權，福建莆田人，很早就來臺灣，應該是在臺灣光復初期就來臺灣，半工半讀唸完臺北商業職業學校，畢業後考取政工幹校第一期新聞系。我們相識是在民國 52 年，同時搬進「婦聯五村」，同一條巷子，每天上班都要經過我家門口；但大部分時間他有軍用吉普車接送。

　　有一天，他突然敲門進來約我寫一個他主編的《青年戰士報》副刊，開闢一個約八百字〔筆壘〕專欄！分別由他的助理姜穆（小說家）、詩人古丁、政工幹校教授李超宗（法國巴黎大學博士）輪流執筆。吳先生在執編《青年戰士報》副刊時，對於當時的灰色小說、散文、詩歌；都作出嚴屬的批評！他運用副刊園地，提供正面的、嚴肅的文藝；不僅影響了軍中作家，對鼓舞軍中積極向上的氣勢，也有很大的影響力！他不寫反共八股小說、也不寫消

極的、頹廢小說，都是積極力，鼓勵人向上奮鬥的
小說。

吳東權是多產作家，以小說為主，其他論述、雜
文、小品、傳記、劇本……等等；可以說是多產作
家，能編能寫，在軍中提前退休後，他同學、中影
公司總經理梅長齡先生邀他出任該公司任企劃部經
理，推出很多膾炙人口的經典電影。他大膽的聘請
香港大導演李翰祥回國；投入中影公司！同時，也
積極地開發士林的荒城；建設中影文化城。這是對
中影公司經濟發展具有相當的潛力！

後來，梅長齡先生調任中國電視公司總經理；吳東
權先生亦隨著梅先生赴中視任新聞部經理，對中央
的政策掌握得非常嚴謹；態度積極、和諧、穩定；
掌握住廣大群眾；對黨的宣導亦具有極大潛力，尤
其是社會正面新聞報導，是遠遠多於其他媒體！

吳東權先生，除了寫作、報社編輯、國防部心戰總
隊副總隊長、電影公司、中視公司；早年還出任過
《文藝》月刊的社長兼主編，對提倡純文藝；發生
了極大的推動力量！他今年應該是九十五高齡，身
體非常健朗，和我斜對面相鄰居；疫情未趨嚴重
時，我們還經常在社區大院曬太陽，聊天；他夫人
項登華女士；也是出身政工幹校音樂系！

我們是不是可以順著吳東權先生之後，接著談談趙滋
蕃的作品？周伯乃先生回憶：

> 趙滋蕃作品我讀過，而事隔半個多世紀了，印象非
> 常模糊！我印象中趙先生的《半下流社會》與《半
> 上流社會》都是很寫實的，而且是他流亡在香港人
> 的真實體驗！趙先生的《半上流社會》，是我在香
> 港亞洲出版社臺灣分社的編輯時出版，好像我還寫
> 過評論文章！
>
> 我與趙滋蕃先生相識、相交；是民國五十六年間，
> 我在香港亞洲出版社臺灣分公司任職；李大櫻經理
> 交給我趙滋蕃先生的大作：《半上流社會》小說原
> 稿，替其去出版！在前，我已經拜讀過趙先生的
> 《半下流社會》。刻劃香港在 1949-1958 年代真
> 實社會現象的小說！
>
> 我接到這部將近 22 萬字的小說原稿，即與印刷廠
> 聯繫，排版付梓。書出版後，我特別為他寫了一篇
> 評論，刊登在吳東權先生主編的《青年戰士報》副
> 刊上。文中一開始，我就說：「趙先生是一位苦心
> 焦慮注視他的時代、社會、環境及社會形態的作
> 家。
>
> 從他的成名作：《半下流社會》、《子午線上》；
> 以及最近在香港出版社臺北分公司出版的《半上流

社會》一書；全是以他生活過的環境；自己所親歷過的社會環境為背景，刻劃出人性的深層意識；語帶嘲諷地；把那些畸型的、動亂的、複雜的、光怪陸離社會形態展示出來！

他把現實社會的糜爛的生活和巧妙的、殘酷地結合起來。把虛假的榮華富貴掩蓋住血淚現實；像笑容可掬的老虎一樣。深刻地表現那個人吃人的殘酷的半上流社會！上流社會的豪門宴會、夜夜笙歌；都是在自我陶醉、自我欺騙的混日子！甚至麻醉自我。

在九龍牛池灣木屋區，閃爍著人性的光輝，那是個孤寒而又悽愴的動人的場面；那是笑起來真是笑，傷感的時候，真是眼淚巴巴；人民的眼睛裏，洋溢著純的感情。這個場景正好與麗池花園裏舉辦夜總會成為強烈對比。趙先生用嘲諷（irony）的手法呈現出小說的效果！嘲諷的本質，多少含有同情與憐憫，這是小說家的人性主柱！」

趙先生說：「人類行為是隨著其社會環境而變，而社會環境各種特質；是活生生的紀錄在社會每一個人身上。」作者為了特別顯示出那個半上流社會的醜陋，特別安排兩個場景；牛頭灣與調景嶺居民的生活環境作對比，就是作者刻意展現調景嶺居民的苦難生活環境，而這些人都是忠貞愛國人士，冒著

生命危險逃亡出來的，也就是一般人認為反共人士！

《半上流社會》這本書坊間好像很少看到，誠如作者趙滋蕃先生為了特別顯示出那個半上流社會的醜陋，特別安排兩個場景：牛頭灣與調景嶺居民的生活環境作對比，居住在牛頭灣的居民生活較近奢華。

我接著請教，牛頭灣的居民生活較近奢華，指的是不是就指在國共內戰期間，一些失意政客或政治人物避居香港的所謂「第三勢力」人士？

周伯乃先生很難以明確地指出：

> 多少有一點，但小說中沒有明白說出！有點像杜甫的「朱門酒肉臭，路有凍死骨」一樣嘲弄唐代社會的窮、富之對比手法！至於《半上流社會》一書坊間較少流傳。它確實也是香港亞洲出版社臺灣分公司李大櫻總經理，我任編輯，親自付梓的，只是銷路沒有《半下流社會》好而已！香港亞洲出版社臺灣公司主要的業務是靠代理香港《星島日報》銷售賺錢！

近年來，我觀察有部引人注目的韓劇，片名也稱《上

流社會》，指的是從「下流社會」的人，多麼渴望與無所不用其極的力爭上游，要進入到可以享受過奢侈生活的「上流社會」。

　　我也曾閱讀過以「上流社會」為主題，描述的文學作品或影片，如《茶花女》、《追憶似水年華》和《大亨小傳》等等。但如趙滋蕃先生以《半上流社會》和《半下流社會》為主的小說和書名，倒也別具心裁。（2022-09-12）

琦君《三更有夢書當枕》

1950 年代，當處動員戡亂戒嚴體制的初期，「中國文藝協會」理事兼文藝活動組長、中國青年寫作協會總幹事、《幼獅文藝》月刊主編的劉心皇先生，他從反共文學或戰鬥文藝的角度，認為當時期有許多女性作家的作品，寫的都是偏重在生活的周邊瑣事，或家庭情感的描述。

曾任道藩文藝基金會副董事長周伯乃特別針對那時代女性作家的看法，表示了他個人的觀點：

> 在那個年代，婦女們都比較保守、含蓄、內斂；當然不可能與久經沙場的男作家一樣寫的國破家亡、浪蕩江湖的作品！
>
> 或許，我們可以說，1950 年代「反共文學」在戰鬥文藝政策的氛圍之下，所謂 1960 年代「現代文學」、1970 年代「鄉土文學」，和 1980 年代「女性文學」，仍在尋找其萌芽和發展的時機，而且它們是相互交織出現的開出燦爛花朵。

回溯在我的青少年學生時代，愛讀琦君女士的散文作品《煙愁》。當時是非常暢銷的散文集，再版又再版，出版社一家又換一家，仍是再版不斷。出版社先是光啟出版

社於 1963 年印行，後來改由書評書目出版社出版；1981
年，書評書目出版社結束營業，轉由爾雅出版社的重新排
版。

　　琦君散文的吸引讀者，是她文字的使用是那麼簡潔流
暢；書寫的故事內容又是那麼平凡近人。像她在《煙愁》
書中〈煙愁〉描述的，就是她們家中父叔輩們的抽香菸故
事。又，〈何時歸看浙江潮〉一文，寫的是琦君母校之江
大學的景色，和懷念當年苦心培育她的老師們。故鄉、母
校、師恩，還有傍晚時分，她特別喜歡散步的錢塘江濱，
盡是引人遐思：「何時歸看浙江潮」的濃濃鄉愁。

　　周伯乃先生提到他所熟識的琦君大姐，他說：

　　　琦君（本名潘希珍），浙江省永嘉縣人。以散文飲
　　譽國際，作品不多。我所拜讀過的有：《琴心》、
　　《溪邊瑣語》、《煙愁》、《紅紗燈》，以及她在
　　民國六十四年七月間，親筆簽名送我的《三更有夢
　　書當枕》，是臺北極富盛名的爾雅出版社出版的；
　　共同納入 26 篇散文，都是寫她自己所熟悉的事
　　情，文筆流暢、清新而質樸，讀起來似行雲流水。
　　師範大學教授鄭明娳談到琦君的散文說：「無論寫
　　人、寫事、寫物，都在平常無奇中含蘊至理，在清
　　淡樸實中見出秀美；她的散文，不是濃妝豔抹的豪
　　華貴婦，也不是粗服亂髮的村里美女；而是秀外慧

中的大家閨秀。」

琦君大姐是標準型的女性作家，她的散文都是描寫她所熟悉的周邊事情，文筆流暢，一點也不會感到晦澀難懂，也沒有矯揉做作；刻意雕琢的詞彙。曾任中國國民黨婦女工作委員會主任錢劍秋博士（中國第一位留美法學博士）；在琦君大姐的《溪邊瑣語》一書序文中說：「身邊瑣事，隨手拈來，都成錦繡文章，放手寫去，全是快人快語。其中最可貴的是一片醇厚的意境。」

這正說明琦君大姐為人敦厚樸實的性格。我與她見面的次數不多，但每次見面都覺得很親切，就如大姐見到弟弟一樣。她和艾雯大姐一樣，見到總是「伯乃老弟」的稱呼！

據爾雅出版社出版社創辦人隱地指出，這本《三更有夢書當枕》從出版至 2006 年 6 月為止，已經印出 71 版、逾 14 萬冊；還有短篇小說《菁姐》、《錢塘江畔》等作品，亦都受到很多讀者的喜愛。

琦君女士的另一篇散文名作〈髻〉，細膩描寫身為元配母親，和姨娘梳髮髻的不同樣式和習慣，凸顯元配和姨娘在受父親疼愛關係之間的差異。琦君女士在文章裡，更要表達的是對於父親的過世，和姨娘的年華老去，反而讓母親和姨娘的相處逐漸融洽，來顯現人間愛的一種正能

量,是一篇有鼓舞人性光輝的文章,很值得介紹給大家,尤其是對年輕人的啟發作用。

琦君女士筆下的「父親」、「爸爸」,其實指的是她「大伯父」潘國綱。「母親」、「媽媽」指的是她的「大伯母」葉夢蘭。由於琦君女士 1 歲失怙,4 歲喪母,之後的生活與教育全靠伯父母的照顧長大,讓她感受對於人生真情真愛的特別珍惜。

琦君女士對自己的寫作,說「她不擅於想像、不會編故事,只能寫樸素的自傳性小說」。2001 年,徐立功和編劇夏美華合作改編自琦君的著作《橘子紅了》,這部正是琦君女士的半自傳小說。

1983 年 3 月 5 日,《聯合報》登載陳姵璇的一篇〈三更有夢書當枕——琦君的寫作天地〉提到,琦君說:

> 剛來臺灣時,我在法院的圖書館做事,總覺得白天上班的工作和自己的興趣不合,心想人總要做點和自己興趣相符的事才是,於是就開始提筆試著寫作投稿。

據我了解,1980 年代初期,當時在木柵青邨中國國民黨黨籍資料室工作的同事,她們談起琦君女士,有段非常短的時間,曾在這資料室幫忙整理繕寫卡片工作的情事。或許,是因為她特殊的出身背景,讓她願意為黨國多

付出心力；也或許，她需要賺取一點零用金，貼補家用。

我推測這段時間應該是在她旅美回臺後，也同時在中央大學中文系兼課的期間。琦君女士隨夫移居美國多年。2004 年，當她和先生回臺灣定居，遺憾的是，2006 年，她不幸過世，享年 90 歲。家屬依其遺願，骨灰及遺物運返溫州老家「琦君文學館」，真的落葉歸根大鄉土了。

琦君女士先後得過中山文藝獎、金鼎獎、國家文藝獎。也因為曾長期在中央大學兼課。2017 年，中央大學中文系「琦君研究中心」與中央大學圖書館，還特別共同策劃「琦君百歲紀念講座」活動。分別邀請許惠玟、宇文正、朱嘉雯等學者專家來參與盛會。（2022-09-13）

艾雯《漁港書簡》

周伯乃先生談到他任《中央》月刊文藝版主編時,與散文作家艾雯女士之間的互動和交往情形。他說:

艾雯(本名熊崑珍),江蘇蘇州人。滿口蘇州國語,我們相識很早,大概是 1970 年間,我主編《中央》月刊文藝版時,邀請她替我們寫稿,她滿口答應。她一向以散文為主創作,著有《小樓春遲》、《漁港書簡》、《曇花開的晚上》、《艾雯自選集》、《倚風樓書簡》、《綴網集》、《浮生散記》等等。還有很多被選入其他選集,如《中華日報》印行的《花雨散文選》。

艾雯畢生以散文主柱創作,非常嚴謹,文字精湛細膩。譬如在《一品紅》中寫道:「當歲冬至,百花凋零,與一品紅差不多時間開放的,有高雅雋美的菊花,祇是大多栽種在花園花圃中;有高潔不凡的梅花,不過都傲岸開放在山陬深院,唯有一品紅,最是洒脫不羈,隨遇而安。始終帶著無限的歡欣,興高采烈地翩舞於冬日的陽光下,招展在凜冽的冷風裏。」

周主編繼續談到艾雯的散文：

艾雯大姐的散文，無論寫景，寫物、寫事，都帶有
濃厚人情味與哲理意涵。我曾經在拙作《情愛與文
學》一書的序言中說：「寫詩要用情，寫散文要用
愛，寫小說要有豐富的生活經驗！」譬如艾雯大姐
在《漁港書簡》一書，第一篇就是〈無盡的愛〉，
寫給她母親的信。她深深地寫著：「當你尋見了世
界上有一個人，認識你、知道你，愛你都千百倍的
勝過你自己的時候；你怎麼不感激，不流淚，不死
心塌地的愛她，而且死心塌地容她愛你！」
世上唯有母親的愛是永遠報償不完的，人生最美、
最可貴的莫過於母親的愛，她是用十個月的心血灌
注你結晶的生命！所以，母愛是無私的、是偉大
的；在你成長的過程中，她呵護著你、小心翼翼地
保護著你；天氣冷了，怕你受寒受凍；天氣熱了，
又怕你灼熱、中暑！艾雯大姐說：「我是由一隻笨
拙卻是忠實的筆寫出自己真實的感情，寫出自己所
感受和接觸的、以及對一切善與美的渴慕和憧
憬！」
艾雯、張秀亞、胡品清等等都是二十世紀五十年代
到九十年代；都是屬於抒情散文的作家，作品令人
百讀不厭，常常會令你迴腸蕩氣的散文，拿起來就

不忍放下的作品！我和艾雯大姐最後一次見面，是
民國九十年間，我在文化大學董事會任秘書，她從
山下上學校來看我，因為她住在士林忠誠路，有公
車 262 直接到學校，我陪她見了文化大學的董事
長張鏡湖先生及林彩梅校長，我倆還在文化大學創
辦人張其昀的塑像前拍照。

　　周伯乃先生主編《中央》月刊文藝版，周先生自己寫
稿，也邀請艾雯等女性作家寫稿。對照之下，讓我想起
1950 年代開始，聶華苓女士的主編《自由中國》雜誌文
藝版，她自己寫文章，也邀請其他作家寫稿。

　　比較特別的是，當時的《中央》月刊代表的是執政黨
立場，而當時《自由中國》雜誌是主張爭取言論自由，是
比較站在政府對立面的。因此，在刊登某些作家和其作品
的尺度上是顯然有別。

　　1955 年，聶華苓女士在明華書局出版了短編小說集
《翡翠貓》；1963 年，在文星書店出版了《一朵小白
花》。根據聶華苓在其回憶錄《三輩子》的書中指出，她
在 1974 年以後，就不能回臺灣了，作品早就不能在臺灣
出版了，是上了警總的黑名單。

　　1976 年，她所描述女性人格分裂的長篇小說《桑青
與桃紅》，在臺灣當然不受到當局的歡迎，遂由香港的友
聯出版社出版。1987 年，臺灣解嚴。1988 年，她透過

《中國時報》董事長余紀忠的協助，才得以順利回臺，她感慨的說：「政治在我眼中，是一場又一場的戲。」

誠如陳芳明教授在《臺灣新文學史》（上）一書中指出，同時期的女性作家，縱然也在呼應官方文藝的要求，卻並不在意重大歷史事件與主要英雄人物的經營。她們顯明的空間感取代了男性作家的時間意識。

這也是我們在審視和閱讀，當期女性作家如畢璞、琦君、艾雯、聶華苓、張秀亞等作品時，其所在凸顯該時代女性文學的特色與歷史意義。（2022-09-14）

張秀亞《我與文學》

　　1970 年代前後，知名女性作家張秀亞女士的作品早已享譽文學界。曾任《中央》月刊文藝版主編，和《中央日報》副刊編輯的周伯乃先生談到他與張秀亞女士認識的經過，和他對於張女士文學作品的看法。周主編說：

> 有「全才之筆」美譽的張秀亞，河北滄縣人。北平輔仁大學西洋語文學系、歷史研究所碩士。曾任教靜宜大學、輔仁大學研究所。是樞機主教于斌主教的弟媳。著有詩、散文、小說，以及美術史等八十餘種。她的散文集，就有：《三色菫》、《牧羊女》、《凡妮的手冊》、《懷念》、《湖上》、《尋夢草》、《愛琳的日記》、《感情的花朵》、《書屋一角》等四十餘種！可以說是多產作家；也可以是「閨閣型」的作家！
>
> 我認識張秀亞大姐，是在民國六十五年間，任《中央日報》副刊編輯期間；因為副刊編輯主任孫如陵先生住在臺北縣新店中央新村二街、輔仁大學中文系主任王方曙（又名王靜芝），我的同鄉長輩張輔邦（國大代表），散文作家趙文藝（立法委員）都住在那裡。

好像是當年老總統蔣中正先生特別關懷這些國會議員（立法委員）、國民大會代表們而開發的分期付款的建築宿舍；因為，我和內人陳夏江經常會在星期假日去中央新村，也就會順便拜訪他們；聊詩、聊散文、聊小說；與王方曙先生談書法。

周主編繼續針對張秀亞女士的散文說：

我想，今天只聊聊張秀亞大姐的散文創作，她的散文；不是信手拈來，是苦心經營的；句句如詩一般的精緻、美的語言；充滿著真誠的愛的語言。她在〈風雨中〉寫著：「世途中的狂風驟雨，能折磨我，却不能使我屈服。我的心中，仍充滿著光與熱，愛和力，時刻準備為了一個崇高而偉大的動機而燃燒，傾瀉。但當還未找到為真理、為人類而獻身時，我只默默的走著一個平凡女性的路子：恨我所該恨的，愛我所該愛的，對於邪惡，我絕不妥協。」

接著她又寫著：「在人生的舞臺上，我唱的是最吃力的獨腳戲。導演者是環境的大手，製造效果的是電閃雷鳴。在我的臺詞中，沒有閃光口號美麗的謊言，但我忠實的，以全心全力，全意愛了稚弱的無依的兩個。」這是何等激勵人心的散文語言！是詩

的語言，也是勵志的歌聲！

　　我開始知道和讀張秀亞女士的作品，始於高中階段。1960 年代末期，我接觸文星書店的【文星叢刊】出版了多位女性作家的文學作品。諸如：林海音《婚姻的故事》，聶華苓《一朵小白花》，於梨華《歸》，徐鍾珮《多少英倫舊事》，鍾梅音《十月小陽春》，胡品清《現代文學散論》等散文和小說。

　　在同一時期的三民書局的【三民文庫】也出版了琦君《琦君小品》，林海音《兩地》，鍾梅音《摘星文選》、《我祇追求一個圓》等作品，而張秀亞的《我與文學》，正是【三民文庫】刊行的重要作品。

　　1970 年，我進入天主教輔仁大學就讀之後，校長是于斌樞機主教，當時我念圖書館學系的時候，系主任藍乾章教授正在試行推動輔系的制度。於是我選了中國文學系作為我的輔系。當時中文系主任王靜芝教授正是周伯乃賢伉儷好友的書法家王方曙先生。

　　開學第一週，還在加退選的階段，我參考了中文系的課程表，首先映入眼簾的就是張秀亞女士在該系的開設課程，正確課程名稱，我已經不很記得，好像是「文學創作」之類。但我印象特別深刻的是，當我走到上課教室門口，那是在文學院 1 樓的階梯式綜合教室，我看到教室內已全部坐滿學生，包括室內走道的地上位置。可以想像張

249

秀亞女士當時所受到學生歡迎的程度，我也就無緣選修張教授的這門課。

我既然沒有機會選修張秀亞老師的課，幸好我利用輔大圖書館學會在學校舉辦書展的活動，除了邀請重要出版社來學校參展之外，我們也特別邀請三民書局來參加，我買張秀亞女士的作品，和之後研讀她的《我與文學》一書，以彌補未能受教於張秀亞教授的缺憾。

關於張秀亞女士的作品，2005 年 3 月，國家臺灣文學館已經出版了【張秀亞全集】，收錄 1934-2001 年的作品。包括詩 1 卷、散文 8 卷、小說 2 卷、翻譯 2 卷、藝術 1 卷、資料 1 卷等 15 巨冊。是一套特別值得推薦給愛好文學讀者的作品。（2022-09-15）

胡品清「永恆的異鄉人」

　　曾任文化大學董事會秘書的周伯乃先生，談到他與胡品清教授的互動，和他特別為文介紹胡女士的作品。周秘書記述了這一段的經過情形，他說：

　　胡品清教授，浙江紹興人，國立浙江大學英文系畢業，後進入法國巴黎大學現代文學研究。1962 年10 月間，回臺定居。受聘於中國文化大學創辦人張其昀先生之邀任中國文化大學法國語文學系教授、研究所所長暨系主任；後來，成為華岡終身教授。

　　在此之間，也曾兼任國防大學政治作戰學院教授等職務。雖然很忙，但她的著作驚人，除了散文、新詩、詞曲、短篇小說；還翻譯許多法國作家的經典之作。她除了獲得我國許多獎之外，最重要的是獲得法國一級文藝軍官勳章！這是很少留法學生所沒有的殊榮！

　　根據國立臺灣文學館出版的《臺灣現當代作家研究資料彙編》有關胡品清教授的著作，且印製成冊的有一百五十多冊。這數字是非常驚人的，恐怕在我國文學史上是空前的，而且還不包括一些流失的文

章，如她在《聯合報》副刊發表的〈雨天書〉信札
就沒有列入她的著作集中。

信中一開始就說：「由於妳的仙人掌，我守了一整
夜的風雨，為了妳深深的哲理和華美的感情。」同
樣的，由於你的「祇是因為寂寞」，我也度了白色
的夜，讀了你那本書，我更能領悟到寂寞並非貧
瘠、不是空虛。相反地，它令人富有，給人帶來創
造能。

水芙蓉出版社在介紹她的散文集中說：「細緻、真
摯、曲雅，淺淺的哲理，淡淡的哀愁，對美的嚮
往，對夢的執著，這幾句就可以概括她的作品。」
她攜有柔情似水的情愛，又有飽學之士的經綸！

以下，周秘書繼續談到他為文評論胡品清教授詩作的
內容，和他對胡教授的懷念。周秘書寫道：

我在 1969 年 6 月出版的《自由青年》月刊上介紹
她的詩，標題是用的「永恆的異鄉人」！這篇文章
在她逝世追思會上，被文化大學列入悼念胡品清教
授文章之一！其實，這篇短文，只談到她的新詩；
她一生著作還是以散文為主。

我曾經運用佛洛伊德的精神分析學來闡釋她的夢
境。我想胡品清教授內心有願望無法在現實中實

現，導致她在夢境裏去尋求這些夢境中實現；或是求得滿足。她自己也說：「一般人都把夢字誤解了，那是一個詩意的字，所以，在寫文章的時候處處用上，結果夢字變得那麼陳腐，那麼令人反感，原因是不該寫夢的人太多。我是非常同意不該無病呻吟。但是一個真正失落了健康的人除了呻吟以外還能說什麼？而我是一個只能享有夢的人，除了寫夢還能寫什麼呢？」胡品清教授像《紅樓夢》裡的林黛玉型的作家，她似弱不禁風的嬌柔的女詩人，她說話也是輕聲細語，柔情萬縷地給我感覺！說她是散文大家，不如說她溫柔典雅的詩人！

周伯乃祕書的文裡，最後寫道：

民國八十八年秋，我受聘為文化大學董事會秘書後，經常會出現在華岡教授宿舍去和她聊天、品茶。此情此景，何堪回首！斯人已遠，獨留殘夢照人間！

承上，與胡品清教授同為詩人、散文家的周伯乃秘書所述，讓我回想起 1967 年前後，我在高中念書階段，開始接觸胡品清教授作品的情景。當時胡教授的作品，在文星書店發行【文星叢刊】的數量上，相較於琦君、林海

音、張秀亞等女性作家要來得少。印象中只有《現代文學散論》和《做「人」的慾望》。這兩本書,對一個高中生的我而言,前書是偏於理論;後書屬翻譯文字的偏於枯燥,是比較難引發我購買和閱讀的興趣。

我當年購買和閱讀胡教授的作品,是偏愛於她的詩作和散文,諸如:水牛出版社【水牛文庫】的《夢幻組曲》、《最後一曲圓舞》、《晚開的歐薄荷》、《芒花球》等等。每次的閱讀,我多會驚嘆於胡教授作品中對於她生活周遭花木的描述,我雖然從小在鄉下長大,可是我對於自己周邊隨時可觸及的鳥獸花草,都會有不知其名的感慨。我們是不是因為當時迫於大學聯招的升學壓力,致使我們從小忽視了這方面知識的教學。

如果說:「詩,可以興,可以觀,可以群,可以怨。邇之事父,遠之事君。多識於鳥獸草木之名。」那我們是不是可以反過來說,「多識於草木鳥獸之名」,對於我們的閱讀和寫作會有所幫助,尤其是如胡品清教授所寫之類的作品。

2006 年 10 月 20 日,鄭貞銘教授在《聯合報》發表〈華岡校園一孤松──胡品清教授人與文〉中指出:

> 胡品清可以說是抽離文學、抽離感情就一無所有的人,她愛浪漫、她多情、她樂於一生清貧;四十年來,她一直獨居在文大一棟她取名為「香水樓」的

宿舍；除了相伴的學生，她總讓人覺得有點神祕、不容易看得透。

鄭教授又指出：

胡品清有一個自己編織的夢，那是超越時空、瀟灑出塵的，因此她不論寫抒情文、敘述文、書簡或日記，甚至是短篇小說，她都盡力使它們具有詩的韻味與境界。

鄭貞銘對胡品清的人與文的如此地描述，難怪高中時期我讀胡品清教授作品，會產生一種難以接近的神祕感。讓我比較感慨的是，縱使到了今天，我多少可以體會當年接觸胡品清教授作品中的散文和詩味，只是我已難再重拾當年「作夢」的心境了。（2022-09-16）

林海音《城南舊事》

　　曾在《中央》月刊主編文藝，並與孫如陵先生在《中央日報》副刊共事的周伯乃先生，談起同是在編輯文藝版專業的林海音女士。周主編指出：

> 林海音（本名林含英）生於日本大阪，原籍臺灣苗栗頭份人。四歲以前都是住在臺北縣板橋她母親家，一九二三年隨父母赴北京，定居在南城。在北京長大，求學。一九三九年與夏承楹先生結婚：夏承楹（筆名何凡）先生亦是名專欄作家，而且被文藝界稱為四大名嘴之一！其他三位是小說家王藍、專欄作家孫如陵及廣播名嘴王大空！
>
> 上世紀五十年代到九十年代，是林海音女士在臺灣文壇最輝煌的年代；她主編臺灣三大報之一的《聯合報》副刊十年。離開聯合報；獨資創辦純文學出版社。林海音女士在《聯合報》副刊任主編時，不但發掘了無數的臺灣青年作家，而且網羅了許多知名的學者、教授、作家，為中國文學鋪陳出新的大道，打破了「戒嚴時期」的諸多禁忌！
>
> 文藝界人士表示，沒有林海音的大膽擔當與前瞻性的文學修養，就沒有傑出的林懷民、黃春明。林海

音女士自己一生的著作不多，但她的《城南舊事》
小說集，會永遠長留在文學史冊上！

周主編引臺大文學院齊邦媛教授在〈超越悲歡的童
年〉文中說：

林海音作品中所呈現的是一個安定的、正常的、政
治不掛帥的社會心態。她的小說集《城南舊事》、
《燭芯》和《婚姻的故事》中，多篇是追憶她童年
居住在北平城南的景色和人物。齊邦媛教授這篇將
近四千字的文章，就是「城南舊事」的序言。
林海音從 1923 年隨父母進入北京，到 1948 年回
臺灣，將近二十五年的漫長歲月裏，唸書到結婚生
子。在一個女人來說，是金色年華！一般人所謂的
「豆蔻年華」是指十三、四歲；也有人泛指為十三
歲到二十歲，不管怎樣說；都是林海音最值得回味
的歲月，而著墨寫下自己所見所聞的事，我想是每
個文人墨客都有的想法，有的用回憶錄、有的是用
小說的方式表達出來，作為自己對那一段生命的里
程碑！
齊邦媛教授說：「由於兒童對人生認識有限，童年
的回憶容易陷入情感豐富而內容貧乏的困境。林海
音能夠成功地寫下她的童年且使之永恆，是由於她

選材和敍述有極高的契合。」

周主編評論林海音的小說指出：

> 林海音的小說人物、故事敍述都是她北京幼年時身
> 邊的人、事、物，以及她所經歷的童稚的故事，這
> 些都是其身歷其境的寫真，讓人讀起來栩栩如生；
> 逼真而趣味無窮，尤其文中挾雜了一些北京話和她
> 父親的客家話，更具有故事的真感，和小說人物的
> 親切感！她不雕綴或刻意創造新詞彙來表現小說的
> 內涵，是極其自然的敍述故事人物和老北京的環
> 境、建築，如「胡同」；在我們南方的建築裏是沒
> 有的。尤其是〈惠安館〉篇中所表現童稚玩伴的天
> 真、活潑、開朗可愛的特性，越發覺得林海音小說
> 裏的真實性！

周主編最後說：

> 我與林海音大姐接觸不多，但我對她十年《聯合
> 報》副刊主編的嚴謹的審稿、用稿的態度是非常敬
> 佩的！誠如當年孫如陵先生對我們編輯團隊說的
> 「鐵肩擔道義；大膽用文章！」在政府尚在戒嚴時
> 期，主編副刊，選稿、發稿都要特別謹慎小心！但

好的稿子又不能輕易放棄，用與不用之間，要受極
大的煎熬！倘若碰到有疑慮的文章，就放在抽屜
裏，不妨多讀幾遍，才作決定！

承上，孫如陵先生所說擔任編輯工作的需要「鐵肩擔
道義；大膽用文章！」的態度，尤其是當年尚處在威權黨
國體制下的戒嚴時期，新聞言論自由的尺度受到極度的高
壓管制。孫如陵先生擔任黨報《中央》日報，與林海音女
士擔任《聯合報》的同屬文藝性質副刊主編，其戰戰兢
兢、小心謹慎的心情是相同的。

我閱讀林海音女士發表於 1982 年 11 月 1 日起至 5
日止，在《聯合報》文壇回顧主編「聯副」雜憶的〈流水
十年間〉。在這篇連載文章的最後段，林海音女士寫道：

我是四月底離開「聯副」的，給文藝界、新聞界一
個不大不小的震驚，大家彷彿在紛相走問，誰給惹
的禍？有幾位作者來信問：「是我給惹的禍嗎？」
就連在香港的徐訏也來信問：「是我給你惹的禍
嗎？」敏感似乎感染給每一個人了。

林海音女士畢竟是有文學素養和為人謙和，又厚道的
「林先生」，實至名歸的大家會這樣尊稱她。在她文壇回
顧主編「聯副」雜憶的〈流水十年間〉，還是未道出：

「是誰給惹的禍？」

「是誰給惹的禍？」2009 年 7 月 28 日，《聯合報》報導林海音特展，細說近代文學史，在修瑞瑩製表的【林海音大事記】寫到：「1963 年因船長事件離開聯合報」，但未詳述該事件發生的經過情形。

2009 年 8 月 2 日，《中國時報》則有篇林欣誼的專題報導〈閱讀文學──穿越林間聽「海音」〉，該文提到：

> 六○年代初，由於「聯副」上刊登了一首作家風遲（本名王鳳池）的詩作，被當局質疑為「影射總統無知」，林海音因而低調辭職，作者也被收押。經歷過「船長事件」（因詩中以一位迷航的船長為主角）後，林海音創辦《純文學》月刊，延續文學理念，一九六八年成立純文學出版社，成為後繼大地、洪範、爾雅、九歌等五小出版社中的先發和領袖者。

根據林海音女士受聘主編「聯合副刊」，是起自 1953 年 11 月 1 日，離開「聯副」是 1963 年 4 月 24 日。檢視其在職的這 10 年間，正是國家處在戒嚴時期政府提倡反共文學、戰鬥文藝的盛行階段，林海音女士主編「聯副」的十年，誠如周伯乃主編所指出的「大膽擔當與前瞻

性的文學修養」。

　　林海音女士一生彷彿是一部臺灣近代文學史，在反共文學的年代，她不分省籍打開了臺灣作家、自由主義、現代文學，和鄉土文學之路，功不可沒。（2022-09-19）

王鼎鈞《我們現代人》

根據《維基百科》編輯王鼎鈞先生的〈簡歷〉記載：

> 出身山東蘭陵王氏望族，為蘭陵美酒公司創辦人王
> 翔和之孫。其弟為臺灣著名之中國近代史權威王曾
> 才。⋯⋯14 歲初中學畢業後投筆從戎，1949 年隨
> 中華民國政府退守來臺，考入張道藩所創辦的小說
> 創作組，受教於王夢鷗、趙友培、李辰冬，打下寫
> 作的基礎。

曾任道藩文藝基金會副董事長周伯乃先生指出：

> 王鼎鈞（主要筆名方以直），是當年臺灣《中央日
> 報》、《聯合報》、《徵信新聞報》（《中國時
> 報》前身）之一的《中國時報》人間副刊主編。王
> 鼎鈞先生山東臨沂人，曾任中國廣播公司編審、資
> 料室主任，是一位多產作家，而且是多方位的作
> 家；他的寫作面非常廣闊：散文、小說、詩、廣播
> 劇、雜文、文藝論評⋯⋯。
> 我與王先生相識很早，應該是在民國五十五、六年
> 間；他給我最初的印象是具有山東人高壯、雄偉、

挺拔；帥氣十足！民國六十七年，王鼎鈞先生赴美定居，創作非常旺盛，而且都是捉住時代的脈絡創作！他的名言：「在亂世，人活著就是一種成就！」

我個人也常常與朋友說：「我寫詩，只是證明我還活著。」作為一個現代知識份子，尤其是一個作家，一定要有良知，一言一行都充滿著對社會、對國家、對民族，甚至人類，都要有良知、良心去創造道德標竿！因為你的一言一行、一篇文章、一部作品都可能影響人民的心理，甚至整個社會形態！我個人極為喜歡王鼎鈞先生的散文，篇篇都具有哲理性、感性的表現，他運用了現代詩的暗喻、明喻，甚至象徵的手法創作散文；也有像老師說理的方式，對學子們講述寫文章的「講理」。

周副董事長繼續指出：

王鼎鈞先生說：「文章由生活中來，要使學生對作文有興趣，能進步，最好鼓勵他們使用觀察、想像、體驗、選擇及組合等方法，表現自己的生活。」王鼎鈞先生這話雖然是對一般學子們學習寫文章的方法；但是，我們細細體會；何嘗不是對一般初學寫作的人說。

依據行政院文化建設委員會編印的《中華民國作家
作品錄》來看，王先生遠在民國五十二年益智書局
就替其出版散文集《文路》；而光啟出版社，出版
他的文藝理論性的《小說技巧舉隅》。繼而，文星
書店出版他的散文集：《人生觀察》、《長短調》
等等。

最後，我只引述王先生的散文《夏歌》中的一段文
字，就可以窺見鼎鈞先生的文彩與創作深厚功力！
「他們的家在長城裏，太陽和風來自長城以外。落
日把晚霞燒紅，強風把掛著的網鼓起，好像網裡住
了晚霞落日，裹住一團熾烈，好像那火球滿網掙
扎，企圖將網繩燒斷。風將那一團熾烈吹旺，蒼茫
大海澆不熄那燃燒，燒得一方格一方格更透明，網
索更黑，不是魚死，就是網破。」這是多麼深刻地
暗示著人生「網去網綑中人的生之慾去綑岩漿，去
綑無定的浪花！」

我再根據《維基百科》編輯王鼎鈞先生的〈簡歷〉記
載：

王鼎鈞……先後任職中國廣播公司編審組組長、中
國廣播公司節目製作組組長、中國電視公司編審組
組長、正中書局編審……1950 年代進入中國廣播

公司之後，因拒絕加入中國國民黨，遭懷疑是匪諜，長期遭跟監。因此王鼎鈞於 1978 年離開臺灣，前往美國紐澤西州，任職於西東大學雙語教程中心。

檢視《維基百科》對於王鼎鈞先生生平事蹟的介紹，我比較難理解的是：1949 年，王鼎鈞先生隨政府來臺，以其獨特的智慧與才能；考取當時完全由中國國民黨主掌文藝政策張道藩先生所創辦中華文藝基金會的小說創作組。1950 年代，又在進入中國廣播公司任職，還曾遭懷疑他身分有問題的長期跟監？

以戒嚴時期，國民黨對幹部任用和升遷考核，都非常嚴格。怎麼可能讓王先生在拒絕入黨的情形下，任職黨營的中廣公司。1961 年，王先生又怎能獲得國民黨主導下的中國文藝協會文藝獎章。1975 年，國防部所屬黎明文化事業公司亦為其出版《王鼎鈞自選集》，和後來《我們現代人》一書入選軍中版非賣品的「官兵文庫」。

承上《維基百科》指出，王鼎鈞先生進入中國廣播公司之後，因拒絕加入中國國民黨，遭懷疑其身分，長期遭跟監，其意亦在凸顯當年戒嚴時期黨國體制的監控人民思想與言論自由？另一方面，是不更彰顯了王鼎鈞作品的普受讀者接受與歡迎。

這裡，我引 2019 年 11 月 7 日，王鼎鈞先生發表在

《聯合報》〈練習寫遺書〉文中的一段文字，最能道出王
先生的心境了。他指出：

> 再也用不著查究我的政治思想了，我不相信任何主
> 義，只相信自己的地位和財富。休要用那樣的眼神
> 看我，信仰本無真偽，只有久暫。人人由無所信而
> 信其所信，到公墓全體歸零，活著的人去數算的，
> 只是你的身外之物。

最後，我引王鼎鈞先生《我們現代人》〈自序〉的一
段話，他說：

> 這是我談論人生的第三本書。……是我的同類作品
> 中的最後一本。三書的第一本《開放的人生》偏重
> 做人的基本修養，書中的內容，大半在童年時期得
> 自我的母親；當我執筆撰寫的時候，耳畔還彷彿聽
> 到她那充滿愛心的叮嚀。第二本《人生試金石》偏
> 重離開家庭學校之後的閱歷，探觸父母師長沒有想
> 到的、沒有教過的或者不便說破的一面，然而那是
> 人生必登的一個層面。我在撰寫的時候，已逝的雲
> 月塵土，又在眼前重現一遍。

王鼎鈞繼續說：

這一本《我們現代人》提出「未來」的問題，所謂未來，實際上正在大踏步迎面而來，它可能成全你，也可能否定你，我寫這本書的時候，重溫當年第一次下場打球的感覺，球向你懷中箭也似的傳過來，你慌張，但你必須接住，必須知道怎樣得分。大體上說，這三本書的內容構成三個層次，了我三個心願。

說到王鼎鈞這三本書的內容構成三個層次，對照我近年來陸陸續續撰寫和出版自述性文字，王先生第一本書《開放的人生》可比拙作【拙耕園瑣記系列】的描述自己成長學習階段；王先生第二本書《人生試金石》可比拙作【溫州街瑣記系列】的描述自己工作服務階段；王先生第三本書《我們現代人》可比拙作【蟾蜍山瑣記系列】的描述自己治學教學階段。我是要感謝王先生大作對我閱讀、學思與書寫的人生啟迪。

王鼎鈞先生的作品極富哲理，又具啟發效果的每部書都成為暢銷書。我實在不能再引錄太多了，否則我就犯了王先生所說的：

論述要以「評文」為主，「引文」為副，也就是論述者自己先有見解主張，構成主體，佔全文極大部分，引文以居於證明或注釋的地位，佔全文極小部

分。

（2022-09-20 登載，2023-01-25 修稿）

文學作品的自剖式散文

　　文學作品中的自傳性、自述性，或自剖式文體，我拜讀周伯乃先生的散文《夢迴長樂》，很受感動。這書是周先生自剖式的散文集。書中談故鄉、寫思父、念母，和他與愛妻陳夏江女士近半世紀的姻緣。

　　尤其是〈萋萋芳綠千里〉、〈天遠水長流〉的兩篇文字，描寫的就是與愛妻「永生永世也不能變」的情愛。對於彙集書寫《夢迴長樂》一書的完成，周伯乃先生非常帶有感性的語氣回憶：

> 　　《夢迴長樂》是一本自我呈現的散文集；大部分是寫自己身邊的人與事的散文！而「長樂」是我故鄉廣東五華縣的名稱。在民國三年，省府才通令更改的；因為與福建省的「長樂縣」及北宋時，湖北亦有一個「長樂」；另外一種說法是：「孫中山先生於 2018 年 11 月 13 日批示：廣東長樂改為五花縣與廣州的花縣相似，乃改為五華，因古代花者華也！」又有一種傳說；是五華境內有一座大山叫華山！反正，我個人是很喜歡作為一個「長樂人」！人生能夠得到長久歡樂，不是很愜意嗎？
> 　　《夢迴長樂》整本集子有十二篇是寫故鄉長樂的人

情風俗及我的親人，包括我父母的墓園，譬如：
〈思我父念我母〉、〈風木哀思〉、〈五十已茫
然〉、〈大坪嶺下的沉思〉、〈瑄公與瑄公圳〉、
〈琴江夜曲〉（有旅美的音樂家譜成曲）等等，其
他幾集是描寫記趣抒情、與拙荊的金石情懷和對長
官、叔輩的哀思，如對老報人成舍我的哀思！
雖然我應聘擔任成（舍我）老先生創辦的《臺灣立
報》副刊編輯主任時間不長，但他每次主持編輯會
議時，總叫我坐他身邊；而且親自用放大鏡看各版
標題！他給我最深刻的印象是細心、認真、謹慎；
他一再的強調：「做人要有風骨，辦報要有報
格！」
我辭職，是因為國民代表大會，何宜武秘書長要借
調到他辦公室任職，專門負責摘記會議中，代表們
的重要發言提要。我年輕時學過速記，且文筆快而
又簡要。所以，朱士烈秘書長、陳金讓秘書長都借
調過我任其辦公室專門委員！

　　我讀詩人周伯乃先生的散文《夢迴長樂》，和我自己
書寫的《我的百歲母親手記——拙耕園故事》、《稻浪嘉
南平原》等書，也都是屬於這種「自剖式」文體的作品，
刻劃自己人生，也給自己的生命添增一些光彩。
　　1970 年代，臺灣現代文學的發展，周先生的另一本

大作《古典與現代》。周伯乃先生說：

> 《古典與現代》是一部結集現代文學作品與古典文
> 學作品的評論、釋義的集子。朱炎博士在序文中，
> 開宗明義指出：「集中二十三篇評論，都是在討論
> 人性、人生、文學與人性和人的關係，文學的功能
> 以及中國文學的一些原型意識，涉獵的問題層面，
> 既大且深，而又饒有趣味。」
>
> 在整本輯裏；有談到「人性的尊嚴與責任」、「知
> 識分子與社會責任」、「文學中的人性基礎」、
> 「論文學的嚴肅性」；以及文學與歷史，和民族文
> 學地方色彩。我認為文學作品中蘊含或呈現民族意
> 識，並非始自於近代，更非現代的產物！而是在遠
> 古時代的先人作品中都已經存在的事實。史記中諸
> 多記載；屈原的〈離騷〉、陶潛的〈飲酒歌〉；都
> 深深的呈現出他們的民族意識；愛君父即愛鄉邦的
> 民族意識。
>
> 原始類型（Archetype）本來是人類學上的一個概
> 念，而上世紀中葉以後，就逐漸被精神分析家及文
> 學評論家所運用。我個人亦援用為詮釋現代《超現
> 實主義》的詩作！
>
> 在這本《古典與現代》文集中，談論最多的是古典
> 文學中的情愛觀、狹義精神、忠誠意識、浩然正

氣、貞節觀念、信守承諾、堅忍不拔等等；同時，
我特別拿「陌上桑」文化背景和「董嬌嬈」的象徵
意義！看起來全書沒有什麼系統，但讀完之後，還
是覺得有些內涵，就是朱炎博士在序中說的：萬物
本一體，老、壯、幼的生命一體古今人性與精神，
是連綿不斷。所以，我特別欣賞作者為現代文學所
做的一些「探本溯源」的努力！

詩人周伯乃先生的《夢迴長樂》與《古典與現代》二
書，其大作內容彰顯了 1970 年代臺灣現代主義文學，在
描寫自己故鄉的人情風俗，及對於親人的懷念哀思，讀來
令人有股清新、舒暢的柔情感受。（2022-09-21）

周伯乃《現代詩的欣賞》

　　從文學跨域的角度，鄉村文學與鄉土文學的差異性為何？詩人周伯乃先生說他個人的看法：

> 鄉村文學所涉及的人事物都較為狹小，衹是敘述一個地方或是村落的故事；而鄉土文學，敘述或者表現的層面就比較廣闊，如一個部落、一個族群。如有些小說家專寫客家族群的小說，強烈地表現出客家文化、地理和風俗習慣……等等。
>
> 譬如司馬中原寫中國蘇北一帶的人情風俗、傳統文化；沈從文寫湖南湘西一帶的地方民情、風俗習慣等等；而諾貝爾文學獎得主莫言的小說，是敘述或者說表現的都是中國大陸北方的人情、風俗習慣與生活禮儀……。
>
> 而黃春明的小說，就比較局限於他所熟悉地方的事物。如他的短篇小說《甘庚伯的黃昏》，就是典型的鄉村文學。是寫老甘庚伯與他發了瘋的四十六歲兒子阿興的故事！黃春明所關切的正是他處的環境；用其極為敏銳的洞察力，去瞭解自己生活的環境和人物特性，把握住某種社會階層的行為特質；而予以表現出人性的真境！

王拓指出，現實主義文學不是鄉土文學，鄉土文學不應該僅包括農村文學，也還包括以描寫都是生活為主的社會現實文學，他認為應以現實主義文學取代鄉土文學。朱西甯更批評鄉土文學的過分強調鄉土，有可能流於地方主義。

周伯乃先生指出：

當年鄉土文學論戰；各家都有不同的認知，所以，我只提出個人的意見或者說認知而已！朱西甯先生是我的好朋友，我的《現代詩的欣賞》一書，就是他主編隸屬國防部政治作戰部的《新文藝》月刊雜誌，撰寫的文學專欄，每期約 8,000 字左右！當年，軍方特別重視文藝，其「新中國出版社」；有《新文藝》、《國魂》、《革命軍》、《勝利之光》……等雜誌。社長黃光學將軍，還是第一屆國民代表！

《現代詩的欣賞》一書，在三民書局出版，成為幾所大學的輔助教材；如高雄師範學院江聰平教授、臺中靜宜文理學院楊昌年教授都向學生推薦過這本書。所以，造成暢銷書！已出第六版。王拓和黃春明都極有才華；只是王拓後來從政，當選過立法委員！天才早逝，2016 年 8 月 9 日逝世於臺北市新

光醫院，享壽 72 歲！

　　《臺灣文藝》雜誌的龍瑛宗、鍾肇政，或《民眾日報》的葉石濤，《聯合報》副刊的林海音、鍾理和，《笠》詩社的陳千武等等，他們所主編的刊物和作者發表的作品，大部分都是以描述其所處土地、人民和生活的情感為出發點，內容上是比較偏重於鄉土文學的。

　　面對鄉土文學，我們不能輕易就認定其論點是不滿政府或社會現狀，尤其是政府光只會站在執政者的立場，或只為鞏固自己的政權，往往會以國家安全或持社會安定的角度，來看待鄉土文學的態度，因抹煞了文學的創造力。

　　縱使鄉土文學某一部分的批評政府施政，這也是讓不滿社會的情緒得到正常管道的發抒；相對地，這是維護國家安全和社會安定的正確道路。如果鄉土文學在內容上有不滿政府施政的地方，諸如在經濟民生議題而能提出解決的方案，那正是文學給國家和人民帶來之福。

　　相對於鄉土文學的提出和論述，1960 年代的白先勇先生等人創辦《現代文學》雜誌，和 1980 年代，陳映真先生的主持《人間》雜誌，其等刊物在論述上也都分別提出具有文學特色的內容，因而亦形塑政府戒嚴時期文藝政策之外的一股風潮。（2022-09-22）

沈從文筆下的鄉土意識

　　1970 年代，臺灣盛行現代主義文學的代表性人物夏濟安、夏志清兄弟，是扮演著重要角色的推手。 1949 年，夏濟安來臺之後，擔任臺灣大學外文系教授，並且創辦《文學雜誌》；夏志清則是在耶魯深造，和後來在美國哥倫比亞大學的講授文學評論課程，他們兄弟在美期間亦喜歡接觸臺灣到美國念書的學生，同時也是白先勇等人在臺創辦《現代文學》雜誌的主要撰稿人。

　　1979 年，夏志清教授在香港友聯出版社出版的《中國現代小說史》（英文版中譯本），書中第八章是評論沈從文的文字（劉紹銘譯）。夏教授指出：

> 沈從文的田園氣息，在道德意識來講，其對現代人處境關注之情，是與華茨華斯、葉慈和福克納等西方作家一樣迫切的。為了表示他與其他作家的不同，沈從文很喜歡強調自己的農村背景（以別於在大都市受教育出身的作家）。

　　著有《論現代主義》、《現代詩的欣賞》等書的詩人作家周伯乃先生，他對於沈從文先生有如下的記述：

近日無意中在書架上發現沈從文先生的《從文自傳》一書，拿下來一看，前面一篇是馬逢華先生寫的〈懷念沈從文教授〉大作，是最早刊載在《自由中國》第十六卷三號（1957 年 2 月）的文章。馬逢華先生是美國西雅圖華盛頓大學經濟系教授，二十六年，以榮譽教授身分退休。他的《馬逢華回憶文集》中，對上世紀四、五十年代的作家有很多經典之作。而對沈從文先生這篇文章，更令我感動、敬佩！非常客觀的說出了沈先生的小說及其遭遇到時代的悲劇，也道盡了沈先生文人骨格與良知！

馬先生說：「民國三十七年（1948）十二月十五日到次年二月一日，北平是一座圍城。黑暗、寒冷、飢餓、骯髒。」沈先生出身湖南農村，但他的祖父沈洪富是青年軍官，「二十二歲左右時，便作過一度雲南昭通鎮守使。同治二年又作過貴州總督……」這個赫赫雲南，卻因受傷而亡故於故里，遺留下一分榮譽與產業，使後嗣在地方上獲得優越地位！沈從文描述他父親碩大、結實、豪放、爽直，一個將軍所必須的種種本色！

沈從文先生從小就非常頑皮、好玩，上學時也常常逃學，但他聰穎過人；老師也對他無可奈何？他自己也說：「有時逃學又是到山上偷人家園地果子、李子、枇杷，主人擎著長長的竹桿子大罵著追來

時，就飛奔而逃，逃到遠處一面喫那果子；一面唱
山歌氣那主人。」接著他又自我解嘲說：「照地方
風氣來說，一個小孩子野一點；照例也必須強悍一
點，因此，各處方能跑去……」難免碰上一些困
難，如被一些惡犬野狗撲過來，頑劣的人追過來襲
擊你等等！

周伯乃先生繼續談到：

在我的書架上；有十數本沈先生的大作，除了《從
文自傳》是傳記；《阿麗思中國遊記》是連貫性遊
記外，都是短篇彙集。沈先生最令我欽敬的是具有
中國傳統文人志節與風骨，他曾經因中共對知識份
子的迫害而吞煤油、割腕自殺，幸而搶救及時，未
能致死，但已傷害到喉嚨。他腦子裏充滿著文人傲
氣、骨子裡是滿身傲骨！他不會隨波逐流，不向惡
勢力低頭，他內心永遠都隱藏著浩然之氣！他的小
說都是他所接觸過的小人物，都是他所熟悉的人
物、事情，甚至都是發生過的真實事件。
譬如他寫一個年僅二十歲的寡婦：「這未亡人還依
然在月光下如仙，在日光下如神，使見到她的人目
眩神迷，心驚骨顫。愛她的人還依然極多，她也依
然同從前一樣，貞靜沉默的在各種阿諛，各種奉承

中打發日子下去。」她認為自己的心死了，隨著丈
夫埋在土裏，她自己不把心掏出來，別人是沒有本
領把它掏出來。看起來很平實，如果你認真去深入
思考，它的含意、暗喻是深刻的。沈先生的小說，
表面上看是鄉村小人物，卻充滿著大時代的悲劇！
沈從文先生就憑著他傑出的小說進入北京大學擔任
教授，就憑著知份子的良知，他屹立在文藝花園裏
永垂不朽！

夏志清教授在《中國現代小說史》的〈沈從文〉一文
中，引述沈從文先生的《從文小說習作選》的〈序言〉指
出，沈從文在該〈序文〉寫道：

> 我實在是個鄉下人，說鄉下人我毫無驕傲，也不在
> 自貶，鄉下人照例有根深蒂固永遠是鄉巴佬的性
> 情，愛憎和哀樂自有它獨特的式樣，與城市中人截
> 然不同！他保守，頑固，愛土地，也不缺少機警，
> 卻不甚懂詭詐。他對一切事照例十分認真，似乎太
> 認真了，這認真處某一時就不免成為「傻頭傻
> 腦」。

夏教授評論這段文字指出：

像其他許多現代中國作家一樣，沈從文出身雖然貧苦，但總算是個書香門第，絕非鄉巴佬。但他既自稱「鄉下人」，自有一番深意。一方面，這固然是要非難那班在思想上貪時髦，一下子就為新興的主義理想沖昏了頭腦，把自己的傳統忘得一乾二淨的作家。第二方面，他自稱為「鄉下人」，無非是要我們注意一下他心智活動中的一個永不枯朽的泉源。這就是他從小在內地就與之為伍的農夫、士兵、船佚和小生意人。他對這些身價卑微的人，一直忠心不貳。

沈從文一生與創作的關鍵時期，是在 1934 年的接編《大公報》文藝副刊，這時候的他已經成為左派作家心目中的右派反動中心。特別是到了 1949 年，共產黨對沈從文進行嚴厲的批判，指他是販賣色情的「桃紅色作家」，是故作「清流」的反動派，是站在為統治和地主階級的立場說話。畢竟沈從文的出身背景，因為他的父祖輩總算是個書香門第的官場人，絕非一般所謂的「鄉巴佬」。

嚴格說來，檢視沈從文這些會被拿來批判的文字，其實大多屬於他年輕時期的作品，如《從文自傳》寫於 1931 年 8 月在青島，1934 年 4 月由上海時代書局初版，1943 年改訂，由上海開明書局印行；《邊城》初稿的寫

於 1934 年 4 月，由上海生活書店初版，1940 年 10 月在昆明重改校。就如司馬長風在《中國新文學史》指出：

> 雖然我素知沈從文的散文數量雖少，質量可極高，單那部《從文自傳》就已經燦爛奪目，在三十年代足稱散文大家。

我閱讀沈從文的鄉村文學作品，除了喜歡他寫的《從文自傳》、《邊城》小說，還有那來自《湘西》，和《湘行散記》的旅行筆記。周伯乃先生也提到沈從文特別對其家鄉的描述：

> 湘西沅水上游幾個縣分的風土人情，譬如〈常德的船〉、〈沅陵的人〉、〈白河流城幾個碼頭〉、〈辰谿的煤炭〉等等。例如〈常德的船〉一篇中，一開頭就點明地點、人物事件，小說中說：「常德就是武陵，陶潛的《續搜神記》上〈桃花源記〉說的漁人老家，應當擺在這個方向。德山在對河下游，離城市二十餘里，可說是當地唯一的山。」又說：「汽車也許停德山站，也許停對河另一站。汽車不必過河，車上的人卻不妨過河，看這城市的一切。」這是湘西的大碼頭，交換貨物與入口的地方！譬如桐油、木材、牛皮、豬鬃毛、煙草等等。

很多物品都是由川東、黔東、湘西由此轉運到湖南
的長沙、湖北的武漢等地，都是人民的生活必需
品。所以，我始終認為沈從文先生的小說是具有濃
厚的鄉土意識！

沈從文先生行文如流水的細膩描述家鄉風土見聞，讓
我可以真正感受回溯我年輕時期，生活同在嘉南平原、臺
南府城、下茄苳堡的歷史與土地情懷，和那濃得化不開的
鄉愁。（2022-09-27）

再談沈從文筆下的鄉土意識

　　沈從文先生的作品中，除了之前我們特別提到的《從文自傳》、《湘西》、《阿麗思中國遊記》、《邊城》等小說之外，周伯乃先生推薦他的另一部著名短篇小說〈白河流域幾個碼頭〉。周伯乃先生提到：

> 我再來談談沈從文先生的另一篇小說〈白河流域幾個碼頭〉，小說只有三千多字，但沈從文先生描述得非常細膩、真切，像自身就在小說中。小說一開始就進入白河，「白河就是歷史上的酉水。白河到沅陵與沅水滙流後，便略顯渾濁，有出山泉水的意思。若溯流而上，則三丈五丈的深潭皆深可見底。深潭中為白日所映照，河底小小白石子，有花紋的瑪瑙石子，皆看得明明白白。水中游魚來去，都如浮在空氣裏。」
> 湖南邊境也有好幾種族群，而且風俗民情；在我們看來是非常不可思議的事情！永綏縣尚有苗族。小說中說：「三個縣分清中葉還由土司統治。土司既由世襲 永順的姓向，保靖的姓彭，永綏的姓宋，到今這三姓還是當地巨族。土司的統治已成為過去，統治方法也不可考，但留下一個傳說尚能刺激

人心，就是作土司的，除同宗外，對於此外任何人
都保有「初夜權」，新婦應當送到土司府留下三
天，方能發還。」
這種風俗民情，在我們眼裏是不可思議？如雲南的
瀘沽湖的習俗，女兒生了孩子送給舅舅撫養，父親
不用負責，這些奇異風俗，在沈從文的小說中都可
以看到！

1978 年，中國改革開放之後；1987 年，臺灣也開放
人民可以前往大陸探親，兩岸關係逐漸的解冰，促進了兩
岸觀光文化交流的頻繁。周伯乃先生提到當年他的大陸探
親與觀光，還特別造訪了沈從文先生小說裡，描述其所家
鄉的許多景點。周先生回憶：

二十五年前（約 1995 年左右），我與莊惠鼎、夏
正祺、蕭知行一行十五個人遊長江三峽，在小三峽
河裏，尚存在著縴夫的工人，一條小船在小三峽河
中行舟，是靠十幾個縴夫合力拉動那小船，我有點
不忍心下船走在河邊，領隊導遊人員，堅持要我坐
在船上；下船我自動給十元人民幣小費，導遊立刻
阻止我說：「不能給！」當時我有點愕然！
現在回頭讀沈從文的小說，才能真正體認到他小說
中一字一句都含有鄉土意識！當年申請諾貝爾文學

獎；沒有得到獎，可能是諾貝爾文學獎的評審委員不懂中國地方的民情風俗，有些含意，評審委員根本無法理解，也無法體會到那種深層意義或者說意涵！

沈從文先生〈白河流域幾個碼頭〉的短篇小說，巧得很，在我老家臺南關子嶺附近，也有條河流名叫「白河」，和「白河區」的地方行政區域。我因為喜歡閱讀沈從文的作品，近年來，我也嘗試寫了多篇有關於對自己臺南家鄉記述的文字。

臺灣在清朝時期的「白河水域」和「白河區」，都屬於「下茄苳堡」的行政區，直到 1895 年日本統治臺灣，受到行政區的重新劃分，「下茄苳堡」這地名消失，不再被使用了。但是現在地方上仍然維持這「下茄苳」的一個小村落，它流傳下來最有名的便是座名「泰安宮」的媽祖廟，如今成為「下茄苳」的地標，每年農曆 3 月 23 日的媽祖生日，這附近的 30 多個村落仍然都會舉辦盛大的祭祀和遶境活動。

近年來，我也特別是針對「下茄苳堡」與「白河」之間，有關的地方誌進行研究和發表了多篇文字，除了有本專書《紀事下茄苳堡》之外，在另一本拙作《臺南府城文化記述》也特別收錄了：〈下茄苳與劉却的起事考〉、〈下茄苳張丙與沈知起事的反思〉、〈店仔口吳志高與白水溪教案事

件〉、〈安溪寮陂、嘉南大圳與白河水庫〉、〈陂圳文化與
白河木棉道景觀〉、〈獨好下茄苳堡〉等文稿,乃至於有篇
〈下茄苳堡媽祖文創園區之芻議〉的專論。

　　承上述,我們談的都是沈從文作品中有關鄉土意識的
文字或小說。而沈從文與張兆和,他們當時在胡適主持上
海公學校務期間,其所發生的師生戀情,和他們夫婦的愛
情故事,以及他們留下來的多篇膾炙人口詩稿,也是引發
我喜歡閱讀沈從文先生作品的原因。

　　文末,特別引述:

> 沈從文與張兆和剛結婚的時候,適逢沈從文母親病
> 危,他必須返回家鄉鳳凰。他在船艙裏給遠在北平
> 的張兆和寫信說:「我離開北平時還計劃每天用半
> 個日子寫信,用半個日子寫文章,誰知到了這小船
> 上卻只想為你寫信,別的事全不能做。」

　　沈從文這趟的返鄉之路,是一種屬於湘西男人歸鄉的
複雜心境,也是一個新婚男人遠離愛妻的思念,於是沈從
文寫下了詩句:

> 在青山綠水之間,我想牽著你的手,走過這座橋,
> 橋上是綠葉紅花,橋下是流水人家,橋的那頭是青
> 絲,橋的這頭是白髮。(2022-09-28)

三談沈從文筆下的鄉土意識

詩人周伯乃先生三談了他心目中所敬佩小說家沈從文的「鄉土意識」，他指出：

在上世紀三、四十年代；胡適的白話文學，掀起一陣旋風式的文藝思潮；徐志摩的西洋浪漫主義的新詩跟著崛起，陳西瀅（本名陳源）相繼在《晨報》副刊、《新月》月刊，在北京文藝界風行一時；同時影響到從湖南鄉下去北京不久的沈從文的小說創作走向。

夏志清先生在《文學的前途》書中的〈沈從文的短篇小說〉一文說：「沈從文的小說，代表著藝術良心和知識份子不能淫不能屈的人格。」接著夏志清先生非常中肯地說：「沈從文是個寫作非常用心、不斷求進步的短篇小說家。一開始時，他大概還沒有到寫小說原要顧慮到那麼多技術性的東西。他常常在文體與主題上做著各種不同的試驗，寫了一連串的短篇小說，有好的，有壞的，更有寫後連他自己也不知道是什麼東西的。」

周伯乃先生繼續指出：

其實，沈從文自始至終都是以他自己身邊的朋友、事情為主柱作為寫作的題材，他不知道創作技巧、寫作方向，只知道那些發生他自己身邊的人和事，忠實呈現出來。但他曾苦讀過一些古籍，甚至於連《辭源》都讀，這也就是他能夠基本運用詞彙來寫小說的原因，不是只在講故事！沈先生對事物具有敏銳的觀察力，感性認識及記憶力特強！他的小說，只是他所熟悉了事情、人物行為舉止；經過他的質樸文字呈現出來，沒有刻意用形容詞來形容或誇張事件，或者刻劃小說人物的特性！

夏志清先生說：「大概是由於缺少正統訓練之故，他常出怪主意，在小說中往往不問情由加插了一大段散文式的按語的描述。」我現在就沈先生的《乾生的愛》短篇小說中，引述一段文字「照普通學制的算法，一個中學三年級的男學生，身體是發育到可以同一個女人拚糾纏的時節了，女人呢？則中學二年級也夠數。並且近一些科學家、美學家，又正為青年人出了不少好書，如像愛的法寶一類指示青年人所走的方向又像極正確的書，這類書就可以幫助他早熟。」

像類似的說白，純粹是散文的語言。而出現在沈從文的小說中很多。沈從文的小說絕大多數，都是敘述農村及農村族群的社會背景的小說。他也曾讀過

很多翻譯小說，但他的成功是多讀、多寫，堅持自己的信念寫自己熟悉的題材。他的小說沒有虛構的故事。夏志清先生說：「沈從文對人類的純真的情感與完整人格的肯定，無疑是對自滿自大、輕率浮躁的中國社會一種極有價值的批評。」

2006 年 7 月 7 日，《聯合報》登載，夏志清以 85 歲高齡，當選中央研究院院士。他於 1961 年完成《中國現代小說史》，讓中國現代小說進入美國學術殿堂。這本鉅作不但讓夏志清成為美國研究中國文學的重量級人物，也因他的極力推崇，讓張愛玲、錢鍾書、沈從文等作家登上世界文學舞臺。2014 年 1 月 1 日，《中國時報》登載，夏志清尤其是給被忽略的沈從文、張天翼高度評價。

周伯乃先生的評論：

沈從文自始至終都是以他自己身邊的朋友、事情為主柱作為寫作的題材，他不知道創作技巧、寫作方向，只知道那些發生他自己身邊的人和事，忠實呈現出來。

這句話也讓我想起作家章詒和女士，她自認寫的不是歷史或文學，而是故事，她不寫不認識的人，根據材料寫沒意思，認識了才有她的感情和感覺。沒有東西是屬於你

的，除了兩樣東西。你的生命和你的情感。

　　章詒和女士的寫自己最熟悉的人事物，猶如沈從文的文風和氣節。沈從文過世時，張充和先生給他的輓聯是這樣寫的：「不折不從，亦慈亦讓；星斗其文，赤子其人。」這是對沈從文的一生做了最佳的寫照。（2022-09-30）

吳新榮鹽分地帶文學

張炎憲先生，他曾於 2000 年到 2008 年間任國史館
館長，生前談到陳奇祿院士在擔任文建會主委期間的重要
貢獻。張炎憲館長指出：

> 從文建會的規劃、成立到茁壯，陳院士付出極大的
> 心血。文化工作範圍極廣，幾乎與人有關係的都可
> 列入文化的範疇，文化行政權責又分屬不同單位，
> 因此文建會的規劃常常無法收到預期的效果。
> 陳院士以堅忍、和樂的態度，逐一化解，推動「文
> 化資產保存法」的立法，結合藝術家在國內外舉辦
> 藝術展覽，將臺灣的藝術成就推往國際，並重視臺
> 灣的常民生活、舉辦研討會和文藝季，深耕本土文
> 化。陳院士從人類學者到文建會主委，將理想付之
> 實踐，豐富並提升臺灣藝術文化界的內涵和境界。

1990 年 5 月，依據行政院核定的「公共電視臺籌備
委員會設置要點」，中華民國公共電視臺籌備委員會（公
視籌委會）成立，設置委員 22 人，陳奇祿擔任主任委
員。1993 年 7 月 1 日，立法院通過「有線電視法」。
1993 年 12 月、1994 年 8 月，「公視籌委會」推動「公

共電視法」（草案）進入一、二讀。1996 年，陳奇祿先生交卸「公視籌委會」主委。1997 年，立法院通過「公共電視法」。隔年 3 月，公視董監事會選出吳豐山為董事長。

1996 年，國家成立「財團法人國家文化藝術基金會」，陳奇祿先生擔任董事長，更將原來集中在精緻文化和都會知識分子取向的文化資源分配也開始轉型，強調地方產業文化的特色，走向「文化產業化」、「產業文化化」的發展目標。1997 年，陳奇祿不再擔任董事長一職。

1998 年，公共電視臺的開播等，都落實了李登輝總統對多元文化、民主意識的理想。這項地方性社區文化的改造運動，也彰顯了剛解嚴之後臺灣政經與社會文化政策的特色。

周伯乃先生談到 1996 年，陳奇祿先生出任「國家文化藝術基金會」董事長的情事，他指出：

> 「國家文化藝術基金會」財力非常雄厚。1996
> 年，陳奇祿先生從公視董事長下來，李登輝總統還
> 邀請他去接任董事長，有專車、司機、秘書等等，
> 而且是部長級待遇，但不久被董事會刪掉了一切待
> 遇，每月只有極微薄的車馬費，使他寒心，而辭去
> 董事長職務！政治舞臺比黨更難搞！孫如陵先生對

我說：「上臺就要有下臺的打算！」我生活得那麼
瀟灑，我一直以詩人、文藝作者的心態處理世事！

2014 年 10 月 6 日，陳奇祿因多重器官衰竭於臺大醫
院逝世，享年 91 歲。陳奇祿先生的過世，使我聯想起
2012 年 5 月，享壽 83 歲，曾任臺南縣長楊寶發先生的過
世。他們兩人同是出生在日本統治臺灣的時代，也都是國
民黨政府來臺蔣經國主政時積極培養的臺籍菁英。

陳奇祿先生出生於 1923 年（大正 12 年）的臺南州
北門郡將軍庄（今將軍區巷口社仔）。楊寶發先生出生於
1930 年（昭和 5 年）的臺南州新化郡洋仔港（今新化區
豐榮里）。據稱：鄭成功到臺灣後分地屯墾，部將楊院
（是宋朝楊家將排行老五楊延德的後裔）選擇在當時稱為
「埔羌林八卦宅洋仔港」落腳，家族歷經三百多年辛勤奮
鬥，前臺南縣長楊寶發先生正是楊院第十世孫。

就臺南地區以曾文溪來劃分，陳奇祿先生老家是在現
今靠海邊的將軍區，在政治淵源上是屬高文瑞、吳三連、
吳新榮、李雅樵、吳豐山等「海派」人士；楊寶發先生老
家是在現今靠山邊的新化區，在政治淵源上是屬胡龍寶、
梁許春菊、張文獻、郭俊次、胡雅雄等「山派」人士。然
而，當年楊寶發從臺北市民政局長受命返鄉，被提名競選
臺南縣縣長，即係黨中央為平衡派系為主要原因。

1977 年，楊寶發先生當選臺南縣長並連任一屆，卸

任後曾任省府經建會主委,和之後的調任內政部政務次長等要職。在這段時間裡,我們經常有機會在各種場合碰面,尤其是他在擔任「臺南縣旅北同鄉會」理事長期間,特別關心我們這些北漂的鄉親。他不分黨派,總是謙和待人,對後輩多所鼓勵。

我特別記得,他送我一本施懿琳教授寫的《吳新榮傳》,他說吳新榮先生是臺南將軍鄉人,是位醫生,與陳奇祿、吳三連先生等都是臺南鄉賢。而且,我也知道吳新榮先生不僅是日治時期赴日本習醫,是跨日治殖民與國府戒嚴體制階段,並且是集詩人、散文,小說於一身的臺灣著名文學家,亦是奠定其家鄉鹽分地帶鄉土文學的最大功臣。

另外,我知道吳新榮先生還有一段不愉快的情事,就是被捲入 1947 年「二二八事件」,後來幸因警備司令彭孟緝核發「盲從附和被迫參加暴動分子自新證」,始得獲釋。1952 年,他在「海派」高文瑞縣長任內,出任臺南縣文獻委員會編纂組長一職,轉而致力於臺南地方誌的田野調查與文字撰寫。

吳新榮先生創辦「鹽分地帶」文學的精神,正是啟發了我出版《紀事下茄苳堡──臺南府城歷史情懷》一書的主要動力,也是我積極書寫我家鄉「下茄苳堡」文學的標竿。(2022-10-03)

紀剛《滾滾遼河》

　　曾服務於《中央日報》和文化建設委員會的周伯乃先生，他提起了紀剛《滾滾遼河》的小說內容，和這本書出版的暢銷經過，以及其所代表的時代意義。周伯乃先生首先談到《滾滾遼河》的出版經過：

　　紀剛（本名趙嶽山、又名趙岳山），1920 年 10 月4 日出生於遼寧遼陽，2017 年 3 月 7 日逝世於美國。畢業於滿洲帝國統治的「盛京醫科大學」（現改為遼寧醫學院）。1931 年 9 月 18 日，中國國民革命軍東北邊防軍與日本關東軍，因南滿鐵路事故，日本軍隊借故發動侵佔我東北，熱血沸騰的趙岳山投入抗日戰爭的地下（情報）工作。

　　1949 年隨軍來臺，任國軍臺南第四總醫院小兒科主任。退役後自己開業小兒科醫院（應該說是診所），找他看病人特別多，但很多家長不知道趙醫師就是《滾滾遼河》的作者。大家只是在候診時間談論《滾滾遼河》的動人故事！

　　《滾滾遼河》原稿，是民國五十八年八月間送到《中央日報》副刊主編孫如陵先生手上，孫先生即與副刊編輯部的同事，名小說家趙滋蕃先生共同細

讀、審閱。八月十二日在「中副」開始連載。後來，由林海音女士創辦的純文學出版社出版發行，非常暢銷，我手上所有的《滾滾遼河》，已經是第十八版。再版時間是中華民國六十七年九月，而第一版是中華民國五十年五月。不到八年就再版了十八版（67 年 9 月 18 日）！可見大家都喜歡這本具有歷史性的小說！

周伯乃先生談到紀剛先生的生平事蹟：

紀剛先生窮其半生的精力，完成這部三十多萬言的鉅著，榮獲中山文藝獎；且改編成劇本演出，永留世間！這是一部國家、民族遭到危亡之秋，熱血青年參與地下（情報）工作的小說。作者一開始就點明小說主題。「我們那些人、那種種鐵的生活、火的情感、血的工作，不是為人當茶餘飯後談助做的。但，為了說明我與宛如、詩彥等人相識的經過，為了不負羅雷最後的付託，我又不能不把『覺覺團』的故事，從頭細說」。1931 年 9 月 18 日，日本人在東北爆發侵略中國事件，我們稱為「九一八」事件。兩岸開放後，我特地去看了巨大的列石紀念碑！

紀剛先生特別說明：「地下工作是鐵一般的冷酷的

生活，做的是鮮血淋頭的工作。」在小說中我們所
看到的是一群熱血青年在拼著生命危險，為國家、
為民族，所付出的青春歲月的血淚歷史。他們的地
下工作組織，是要求「共信、互信、自信」；在同
志之間是「生死與共、肝膽相照的關係。」這些熱
血青年，有學生、有教師、有護士、有醫生都是憑
自己的良知和愛國家、愛民族精神，投入地下工
作，不是經過專業訓練的地下（情報）工作人員！

周伯乃先生繼而談到《滾滾遼河》中小說的人物描
述：

紀剛先生這部小說鉅著《滾滾遼河》是以男女青年
的愛情為主柱，以一群熱血青年醫生、護士為小說
中的人物主角，構成一部地下工作群的愛國的真實
歷史小說！但又具有極高藝術的文學作品，絕不是
一般偵探式的故事！原稿六大本，於 1994 年 3 月
14 日前後，紀剛先生親自交給美國哈佛燕京圖書
館珍藏。
誠如他自己說的：「生命寫史血寫詩」的作品，又
說：「革命誤我我誤卿」的纏綿細膩的愛情故事！
我常常覺得男女之間的愛情是「生命交感的愛情，
讓今生今世永遠不會忘記的愛情！」紀剛的小說裏

297

就有一段道白說：「我們都是青年人，我們都有渴望愛與自由的天性，野馬正是愛自由的象徵，苦行僧却代表追求自由與愛的意志。」

從 1934 年「滿洲國」立溥儀為帝，日本天皇稱其為「兒皇帝」，歷十三年之久。那時期，情報工作是非常難做，而紀剛及一群愛國青年，冒著生命的危險，在那日寇、滿洲帝國中「為國家民族作最危險的敵後鬥爭」是危險而艱辛的工作，他們就是憑著自己滿腔的熱血；和中華民族的四萬萬同胞給他們支柱！他們一致認為東北不能失；中國不能亡！這是他們地下工作人員執著的毅力與信心。

紀剛在《滾滾遼河》鉅著中，對小說本身來是非常成功的，如對小說人物的性格、特質，人員組成，在那個時代就是如此。小說中說：「我們的秘密機關，有家庭、有商店、有書局、有出版社、律師事務所、小工廠，也有別的場所和行業。」紀剛先生在小說中的獨白、對話、描述、敍事都非常細緻入微，充滿著真誠信賴，相信小說中主角就是紀剛。具有濃厚的自傳性風格，以東地區作背景，在「滿洲帝國」、日本人，中國的抗日知識份子為骨幹，創作出不朽的歷史愛情小說！有說理、有獨白、有敍述、有描述、有對白；更重要的是故事中隱含著抗日的愛國、愛民族的偉大精神！

誠如小說的，我們這一群組織是：「道義團結，科學服務，堅忍奮鬥，壯烈犧牲」為信念的一群！因為主幹成員都是醫生、護士和相關人員的結合！只是透過孟宛如和紀剛的淒美愛情故事的情節，呈現出動人的旋律，讓讀者感受到小說的真實、誠摯！

小說中說：「我們都是青年人，我們都有渴望愛情與自由的天性。」

小說中說：「那是一個偉大而悲慘的時代！那是一個用生命寫歷史、用血淚寫詩的時代！」這一群熱血青年醫生和護士，以及其他行業的青年的工作；是一種偉大而悲慘的工作，是用生命和血淚堆砌的工作；是真的存在在我們記憶中的工作，死亡對她們來說是絕對不悔的工作，願他們的英靈長存，中華民族偉大復興不亡！

周伯乃先生也談到《滾滾遼河》的描述抗戰情節：

紀剛的《滾滾遼河》寫到第 26 章，也就是對日抗戰勝利了，這一群地下工作人員；三民主義的忠實信徒；任務完成了，小說中說：「我們地下工作的目的是打倒日本，收復東北。」他們的工作並沒有完，只是從地下浮上明朗而積極參與，小說中說出：「過去做地下工作都是大家自動自發，今天公

開工作，我們更不能勉強要求，我們要應該對自己
的心願有個了結，對工作有個善後，對死難的同志
有個交代！」

他們這一群三民主義的忠實信徒，肩負起抗日勝利
後復原工作。「仍本著地下工作時期精神，日以繼
夜地工作，緊張嚴肅地工作！」在混亂的局勢中，
在工作的壓迫和情感的煎熬中，走向基層；走向群
眾，負擔起革命的大任，要使各縣市乃至各鄉鎮的
同胞，「人人都能接觸到國民革命的洗禮，人人都
能聽到三民主義就是救國主義的福音！」

這群赤膽忠肝地下工作人員，已經在勝利的號角響
起之後，進行更新更為複雜的工作；因為他們所看
到的是，在高大的建築物的空壁上，忽然都立起了
列寧、史達林、莫洛托夫的巨幅油畫像；到處飄著
黃色鐮刀和斧頭的紅布，一片紅海。人們若不在手
臂上紮一條紅布條，就不可能有街上走路。「俄軍
的姦淫、擄掠、破壞、燒殺也立即開始了，處處有
槍聲有死亡，處處有流血有哭泣……」

他們感覺到第二個「九一八」事件即將發生。敵偽
倒閉，會社工廠解體。飢餓、失業、搶劫，多年受
剝削、壓迫的報復心理；加上俄軍有計劃的引誘，
亂民的爆發，造成了社會秩序混亂的危機局面！這
群熱血青年再度奮起，到處開辦三民主義訓練班、

出版《先鋒月刊》，發揚中華文化的光輝！小說中
說：「現實是不能用眼淚解決的，我們必須再創造
希望，振作精神。」

周伯乃先生最後談到《滾滾遼河》對反共抗俄的歷史
紀實：

他們重新肩負起「反共抗俄」的重擔，而國民政府
軍事委員會委員長也特派熊式輝將軍，赴東北吉林
省長春市統一指揮，但問題出在這群地下工作青年
與中央的看法不同！而嚴重的是中央政府要他們停
止活動，使他們感到徬徨、苦悶！致使甫顯黎明的
長春，忽又轉入黑暗……小說中，紀剛特別指出行
營的錯誤觀念和措施，致使東北流入蘇俄與共黨手
中。不久，東北全面淪陷！
紀剛在《滾滾遼河》明確地道出民國三十五年三月
間，共產黨在蘇俄的協助下「公然割據叛亂奪國行
動。」不久，遼北省會四平失陷，四月一日共軍拉
開進攻長春序幕。接著是哈爾濱、齊齊哈爾……國
軍全面敗退，兵敗如山倒。小說中同時也指出，當
年「雅爾達會議」美、英、俄就有秘密協定出賣中
國的權益，五月三日國軍全部撤離東北九省。

　　閱讀紀剛《滾滾遼河》，其大作與王藍寫《藍與黑》，徐鍾珮寫《餘音》，和潘人木寫《蓮漪表妹》的同被譽為「四大抗戰小說」；紀剛《滾滾遼河》描述的對日抗戰，讓我聯想起出生於日本殖民臺灣時期的鍾理和先生。鍾先生的先祖，是早年就從廣東梅縣移民到高雄美濃地區墾殖的耕讀世家。1938 年 6 月，他勇闖東北「滿洲國」境內瀋陽的謀職工作，和旅居北平期間的從事筆耕生活。

　　1945 年，二戰結束後的隔年，鍾理和帶著他的全家人回到了臺灣。1950-60 年代的鍾理和仍然從事他的文學創作，但是在當時以反共文學為主流的環境下，他以描述鄉土的作品並未受到青睞。

　　所幸後來在林海音主編《聯合報》副刊的階段，他的多篇作品始獲得刊登機會和受到普遍重視。鍾理和的短篇小說代表作有《原鄉人》、《貧賤夫妻》等；尤其長篇小說《笠山農場》，榮獲中華文藝獎金委員會主辦的小說文藝獎金。（2022-10-11）

周伯乃贈詩〈歲月無聲〉

歲月無聲

悄悄從你耳邊走過

秋風無言

卻有落葉在庭院裡切切私語

告訴你有北雁南飛

替你捎來冬的消息

山頂寒風掠過

黃鶯在樹梢啼著失群的悲歌

孤鳥在雲層下徘徊

情切

幾許枝頭已吹盡殘葉

留下禿枝在冷冽寒風抖動

一夜消愁驚落冉冉年華

豈能把酒留住無聲歲月

（2020.09.28 給天授兄）

百年臺灣文學的淒美與絢麗

文學歷史的分期很難作全面切割式的硬性劃分，我是從比較偏重於政治與文學之間關係的層面去作概分，尤其是政府在文學展中所扮演的角色，這裡的文學主要指詩、散文和小說為主。

如果以近百年來（1920-2020）臺灣文學的發展為例，我們是不是可以聚焦於日本統治臺灣的 1920 年代開始，那是所謂「大正民主」的階段，也是「臺灣文化協會」成立的文學風起雲湧階段；1930 年代之後則是日本軍國主義發動「大東亞戰爭」，和西川滿《文藝臺灣》的階段。

1945 年，二戰結束後的臺灣終結了被殖民統治的時代；1949 年底，國民政府撤退來臺，卻因 1949 年 5 月，宣布軍事戒嚴進入動員戡亂的「反共文學」和「戰鬥文藝」階段，一直到 1987 年 7 月解嚴之後的迄今，臺灣文學創作發展的釋放力量才匯流進入多元化文化的階段。

總言之，臺灣文學百年的淒美與絢麗，是匯流日本殖民體制和國府戒嚴體制所發展出來的雙源文學特色。殖民體制的臺灣文藝，這裡的文藝不只包括文學，還涵蓋戲曲、音樂、舞蹈等藝術項目的政策，是聚焦在 1920 年至 1930 年的延至戰爭結束。

　　戒嚴體制的臺灣文藝政策則是聚焦在 1950 年至 1987
年，而在其長達 37 年的戒嚴體制中政府文藝政策發展的
歷史分期，又可將蔣中正總統執政階段「硬式威權政體」
的「反共文學」，與蔣經國總統執政階段「軟式威權政
體」的「戰鬥文學」的兩個不同文藝政策階段的分期。

　　以上，是我個人對於百年來（1920-2020）臺灣政治
與文藝政策之間關係，及其發展變遷三個階段的粗淺見
解。尤其是，我將戒嚴體制聚焦於兩蔣執政的分別這兩階
段的概述。周伯乃先生指出：

> 這樣很好，至少說明早年社會秩序與經濟繁榮穩定
> 的發展趨勢，兩相比較之下，非常明顯的現示兩階
> 段的優劣！文藝作品一直都是導引社會風氣的重要
> 主軸！近二十年來，社會秩序混亂、腐敗，就是文
> 藝的沒落！文風鼎盛的時代，社會一定比較繁榮穩
> 定，人民安樂！

　　文學是離不開政治的，文學也是經濟的，文學更是生
活的。沙特說：「小孩子都快餓死了，文學還有什麼意
義？」但文學的創作又不希望政府來干預；可是政府又有
其存在的特殊功能。從這角度而言，政府有責任提供一個
自由創作的平臺和空間，保障人民的生命財產安全。

　　1987 年，政府的解嚴，特別是要到了 1992 年政府的

廢除了《動員戡亂時期臨時條款》，撤銷了負責管制言論自由與文化出版的警備總部，將其原有的部分業務回歸到警察單位，形塑警察行政中立化、勤務專業化的工作態度與內涵之後，文藝政策與文學創作也才隨著臺灣政治民主化開放的腳步，有了進一步寬廣的蓬勃發展。

1988 年，陳奇祿先生卸下文建會主委，改由同是臺南出身的郭為藩先生接任。李登輝總統任內的文化政策，開啟以「文化藝術」凝聚地方認同的鄉土文化，積極推動社區總體營造的公民自主意識，以建立一個以公民社會為主體的文化發展目標。

2000 年，政黨輪替，民進黨陳水扁當選總統。2002年，陳其南在行政院政務委員任內，提出重視「文化創意產業」的觀念，開始規劃設置創意文化園區，並在文建會主委任內積極推動文化公民權、公民美學和地方生活學習中心的設立。

2006 年，中華文化復興運動總會更名為「國家文化總會」。2008 年，政黨第二次輪替。2010 年，「國家文化總會」更名為「中華文化總會」，這也凸顯不同政黨的執政之下，出現了對於國家認同與文化政策的不同走向。

所幸當前「文化創意產業發展法」及相關子法的相繼通過，才使得國家文化建設的產業發展進入法制化的階段。2012 年 5 月 20 日，在配合中央政府組織改造之下，隸屬行政院的文建會改制為文化部，以加強推動各項文化政策。（2022-10-04）

國家圖書館出版品預行編目(CIP)資料

筆記與對話：臺灣百年雙源匯流文學的淒美
絢麗/陳添壽著. -- 初版. -- 新竹縣竹北
市：方集出版社股份有限公司, 2023.06
面；　公分

ISBN 978-986-471-421-6 (平裝)

1.CST: 臺灣文學史　2.CST: 文學評論

863.09　　　　　　　　　　112008015

筆記與對話 ： 臺灣百年雙源匯流文學的淒美絢麗

陳添壽　著

發 行 人：賴洋助
出 版 者：方集出版社股份有限公司
聯絡地址：100 臺北市中正區重慶南路二段 51 號 5 樓
公司地址：新竹縣竹北市台元一街 8 號 5 樓之 7
電　　話：(02) 2351-1607　　傳　　真：(02) 2351-1549
網　　址：www.eculture.com.tw
E - m a i l：service@eculture.com.tw
主　　編：李欣芳
責任編輯：立欣
行銷業務：林宜葶
出版年月：2023 年 06 月 初版
定　　價：新臺幣 420 元

ISBN：978-986-471-421-6 (平裝)

總經銷：聯合發行股份有限公司
地　　址：231 新北市新店區寶橋路 235 巷 6 弄 6 號 4F
電 話：(02)2917-8022　　　　傳 真：(02)2915-6275